Dan Franck wurde 1952 geboren und arbeitet als Schriftsteller und Drehbuchautor. Auf deutsch sind von ihm erschienen »Die Dame aus Berlin« und »Kirschenzeit« (zusammen mit seinem Freund Jean Vautrin).

Dieses Buch wurde auf chlor- und säurefreiem Papier gedruckt.

Deutsche Erstausgabe Juni 1993

Titel der Originalausgabe »La Séparation«

Originalverlag Editions du Seuil
Umschlaggestaltung: Manfred Waller, Reinbek
Umschlagillustration: Celia Johnson
Satz: Ventura Publisher im Verlag
Druck und Bindung: Elsnerdruck, Berlin
Printed in Germany
ISBN 3-426-65015-0

2 4 5 3 1

Dan Franck

Die Geometrie der unwägbaren Beziehungen

Roman

Aus dem Französischen von
Christine Steffen-Reimann

Knaur®

Für meine Kinder

Mir scheint, es ist das höchste Glück auf Erden, seine Gedanken, Gefühle und Eindrücke mit einem anderen zu tauschen … Hm! Dieser Gedanke ist aus einem Werk geschöpft, das aus dem Deutschen übersetzt wurde. Des Titels kann ich mich nicht erinnern.

Gogol, *Aufzeichnungen eines Wahnsinnigen*

Erster Akt, erste Szene: *Der Sturm* von Shakespeare in den Bouffes-du-Nord.

Sie sitzen auf einer Holzbank auf den mittleren Plätzen und lauschen, um einem Prospero mit höchst mangelhafter Diktion zuzuhören. Sie beugen sich vor und geben schließlich auf, genauso wie ihre Nachbarn, die mit enttäuschtem Seufzer dem Herzog von Mailand antworten.

Sie sitzt an seiner Seite, distanziert und steif, eingehüllt in einen schwarzen Umhang, auf dem Ohrringe aus Glas tanzen. Normalerweise legt sie ihren Kopf an seine Schulter, betrachtet sein Profil und macht sich leise über seine Konzentration lustig. An diesem Abend: nichts.

Er nimmt ihre Hand. Ihre Handfläche liegt schlaff in der seinen. Keine Bewegung der Finger, nicht der winzigste Druck. Tote Haut. Er drückt die Gelenke, wendet sich ihr zu, sie blickt verschlossen zur Bühne. Er zieht seine Hand zurück, sucht Gründe für diese ungewohnte Gleichgültigkeit, findet keinen und verschanzt sich hinter einem strengen Schweigen; er denkt: Sie wird schon kommen, sie schmollt nie lange.

Ohne wirklich zuzuhören, lauscht er Caliban. Der dramatische Knoten hat die Bühne gewechselt. Er sitzt ganz gerade auf der Bank und wartet auf ihre Hand. Die Hand kommt nicht. Im zweiten Akt kapituliert er und kehrt zurück. Sie überläßt ihm ihre Hand, schlaff zwar, aber sie ist da. Er beruhigt sich.

Bald reicht ihm ihre Anwesenheit nicht mehr; er braucht eine Bewegung, die wie ein Kuß wäre. Er streicht mit dem Daumen über die Fingergelenke und wartet. Nichts. Übt leichten Druck aus und wartet. Nichts. Er läßt die Hand wieder los und stößt einen Seufzer aus. Sie reicht sie ihm wieder. Er lächelt, führt ihre

Finger an seine Lippen und küßt die Haut. Sie entzieht ihm die Hand. Er versucht sie wieder zu ergreifen und findet sie nicht mehr. Legt seine Hand auf ihren Schenkel, läßt sie dort einige Zeit, beruhigt sich aufs neue, klettert ihr Bein hinauf. Sie verschließt sich und versperrt den Weg mit ihrer Faust. Er packt diese und behält sie nun, spielt mit den Ringen, taxiert ihren Widerstand, wartet lange, bevor er den Daumen zwischen die gebeugten Fingergelenke gleiten läßt und zwischen Zeige- und Mittelfinger den Mittelhandknochen liebkost. Sie verspannt sich, drückt seinen Daumen, versucht, ihre Hand zu entziehen, doch er behält sie, und sie entspannt sich schließlich, wahrscheinlich, denkt er, damit der Druck auf seinen Daumen nicht wie eine Aufforderung aussieht. Er nützt die Lockerung, um seine Faust auf ihre offene Hand zu legen, zwingt sie zum Kontakt durch eine Kriechbewegung des Ringfingers, der den kleinen Finger einzwängt, und löst so nun sanft ihre Fingergelenke, bis er die seinen hineingleiten lassen kann; er umschließt den unteren Teil auf dem Handrücken, drückt ein wenig, ihre Finger liegen zwischen seinen, und befindet sich nun in der Situation desjenigen, der liebt und geliebt wird, wie in jenen ersten Tagen, wenn man im Frühling in einem Wald spazierengeht, unter einem durchsichtigen Himmel und begleitet vom Gesang der Vögel.
Sie sagt leise und erbost: »Laß mich doch das Stück ansehen!« Darauf macht sie sich brüsk los, rückt von ihm ab und stützt sich auf die andere Seite auf.

Beim Ausgang geben sie Kommentare über das Stück ab. Man erklärt sich einig über das Wesentliche, es ist ihm egal, er wartet auf etwas anderes, einen Vorwurf, irgendeinen Hinweis, der ihm erlaubt, in den Bereich einzudringen, in dem sie sich allein verschanzt.
Auf dem Rückweg auf dem Motorrad stützt sie sich nach hinten

ab, schlingt nicht ihre Arme um seinen Körper, legt nicht ihre Wange an seinen Rücken, wie sie es sonst immer macht.
Er fragt sie, ob ihr kalt ist, sie antwortet mit ja. Er sagt: »Steck deine Hände in meine Taschen.« Und als sie sich nicht rührt, nimmt er sie und steckt sie selber hinein. Sie läßt sie dort. Doch gleichzeitig macht sie sich unmerklich los, streckt die Arme aus. Die Handflächen sind weit weg von seinem Körper. Sie ist ein Passagier, weder Frau noch Freundin. Er hat den Kampf der Hände verloren.

Er verbringt den Großteil seiner Zeit mit dem Drehen eines Films, für den er das Drehbuch und die Dialoge geschrieben hat.

Wenn er am Abend heimkommt, erzählt er ihr von seinen Schwierigkeiten bei einer Arbeit, mit der er sich noch wenig auskennt. Sie hört nicht hin. Sie sieht ihn an, doch ihre Gedanken sind woanders. Er denkt, daß sie vielleicht verärgert ist über diesen Film, weil sie den ganzen Sommer über zwischen dem Bahnhof und dem Haus hin und her geeilt ist, das sie gemietet hatten, um ihn zum Zug nach Paris zu begleiten, wohin ihn Hilfeschreie gerufen hatten.

Er drängt nicht. Die Art ihres verbalen Austausches war schon immer ein Problem zwischen ihnen; er meint, sie rede zuviel, sie, er rede zuwenig oder aber zur unpassenden Zeit; beide müssen zugeben, daß sie schlechte Zuhörer sind, was nicht heißen soll, daß sie sich nicht zuhören.

Während dieser Tage macht er Versuche, fragt sie nach Themen, die sie normalerweise beflügeln. Manchmal antwortet sie. Wenn sie ansprechbar ist, spürt er den Trost desjenigen, der ins Meer der Gewohnheiten eintaucht, nachdem er lange außerhalb des Wassers in der Kälte war. Was ihn früher störte, stört ihn immer noch, doch er zeigt es nicht. Er sucht ihren Blick, er bemüht sich. So erreichen ihn wärmere Wellen. Er schwimmt gegen den Strom.

Sie redet, lacht, lächelt, geht und kommt und kümmert sich um alles, doch sie weicht ihm aus. Die – engen – Flure der Wohnung sind wie Fallen, denen sie zu entkommen versucht. Sie geht schnell an ihm vorbei, windet sich aus seinen Umarmungen. Genauso vor den Türen, wo er sich manchmal aufstellt und sie so zwingt, auf ihn zuzukommen. Dann bleibt sie starr in seinen Armen, die Arme entlang des Körpers gestreckt, der Blick in die Ferne gerichtet und ohne Zärtlichkeit. Und selbst wenn sie sich nahe sind und die Wellen zwischen ihnen hin und her fließen, die in sieben Jahren gemeinsamen Lebens entstanden sind, wagt er nicht mehr, die automatischen Erkennungsworte oder -gesten zu gebrauchen. In einem Abstand von einem Meter berühren sie sich nicht mehr, küssen sich nicht, und es erhebt sich allmählich weniger eine Wand als vielmehr eine Leere, eine Abwesenheit, eine neue Definition dessen, was einmal ihr tägliches Beisammensein war.

Er fragt sie: »Was ist los?«

Sie antwortet: »Nichts.«

Er sucht einen Grund für diese Distanz, die sie zwischen ihnen schafft, und findet keinen. Sie streiten wie immer über die Verteilung der Aufgaben (eine Putzfrau kümmert sich um alles, sie selber ist am Wochenende zuständig, und er tut nichts), über die Gestaltung der Sonntage (er arbeitet, während sie mit den Kindern in den Garten geht), über den Rauch aus seiner Pfeife (sie hält ihn nicht aus), über die Aschenbecher (er vergißt, sie auszuleeren), über die Badezimmertür (er macht sie einfach nicht zu), über das Licht (er macht es nie aus), über die Privatschule für den Großen (er wollte eine öffentliche), über Reisen (sie fährt nicht gerne mit dem Auto, sondern reist lieber erster Klasse, was er haßt), über ihren Organisationsfimmel (er sieht darin den Beweis für eine Angst, selbst wenn er – Faulheit verpflichtet – davon profitiert), über seine Schwiegermutter (sie sind verfeindet), über die kleinen Reparaturen (er entschließt sich erst in letzter Minute dazu), über die Fernsehnachrichten (er schaltet um), über Sibelius (sie mag ihn nicht sehr), über Rockmusik (zu laut), über seine Stifte (sie läßt sie herumliegen), über das Telefon (er benutzt es oft), über das Licht im Bett (er macht es an), über das Federbett (es rutscht), das Fenster (er schließt es), die Tür (sie macht sie auf) und verschiedene andere Themen, über die sich Menschen, die zusammenleben, uneinig sind. Doch nichts davon rechtfertigt diese besondere Feindseligkeit, um so weniger, als sie seit der Geburt des Kleinen (sieben Monate) Wasser in den ehelichen Wein geschüttet haben und vernünftigerweise den Kelch der Streitereien leeren, bevor er voll ist.

Er sucht und sucht, vergeblich. Und kommt zu einem Schluß, den sie nicht bestreitet: Er ist nicht der Hauptgrund für diese Distanz.

Manchmal macht sie eine Bewegung auf ihn zu, doch sie nimmt sie sofort zurück, als ob sie fürchtet, zuviel zu tun oder daß er sie mißverstehe. Natürlich fragt er sich, was die Geste verrät: War sie natürlich oder gezwungen? Meistens empfindet er sie wie eine Fährte oder einen Reflex, so wenn sie sich zum Beispiel dazu verleiten läßt, den Verschluß eines Ohrringes zu überprüfen, den sie gar nicht trägt.

Er fragt sie, ob sie ihn liebt, und sie sagt ja. Er fragt sie immer öfter danach, so daß er es als Demütigung empfindet, über die er sich lustig macht, solange die Antwort ihn beruhigt.

Manchmal versucht er, sich in seinen eigenen Augen größer zu machen, indem er das Kräfteverhältnis testet. Dann nimmt er ihre Haltung an, tut so, als wolle er sie glauben lassen, daß auch er nicht will; daß es ihm egal ist, ob er sie berührt, küßt oder umarmt. Er vermeidet es, ihr im Flur zu begegnen, spielt mit den Kindern und verläßt sie, wenn sie ins Zimmer tritt. Immer hofft er, daß sie kommt, und immer lauert er auf eine Gefühlsregung, die sich über die Hand, den Mund oder den Blick verraten könnte. Und da nichts davon zu sehen ist, verliert er das Spiel und tut das, von dem er träumte, daß sie es tun würde, und das sie selbst nun nicht tut. Sie läßt sich von ihm mit offenen Augen küssen.

Bei ihr hat er den Kampf um das Kräfteverhältnis immer verloren.

Die Sprache der Körper verblaßt. Der Rest ist noch da. Der Rest ist ein tiefes Einverständnis über die grundlegenden Dinge des Lebens, ein gemeinsamer Blick, der aus der Rebellion am Ende ihrer Jugend entstanden ist, ein gleiches Urteil über Menschen, ein gemeinsamer Anspruch, was die Kindererziehung angeht. Hier handelt es sich um ein Terrain, das sie immer vereint hat. Selbst wenn ihre Blätter oft aneinander stoßen, so sind sie doch durch die Wurzeln vereint.

Sie vollführt alltägliche Gesten, steht auf, geht unter die Dusche, gibt dem Kleinen die Flasche, dem Großen seinen Kakao, zieht sich an, klärt mit ihm materielle Fragen, geht fort, nachdem sie ihm die Wange gereicht hat – die Wange, weil, wie sie sagt, das Lippenrot unter seinen Küssen verschwinden würde, da sie geschminkt sei. Und er bleibt allein im Haus, unfähig zu arbeiten; er sucht stundenlang nach einer Erklärung für das Verschwinden der wichtigen Zeichen.

Morgens im Schlafzimmer macht sie sich lange vor dem Spiegel zu schaffen. Sie wirkt strahlend, aber ohne ihn oder vielmehr außerhalb von ihm. Weit weg, oft sogar, wenn sie mit den Kindern zusammen ist.

Abends, bei Freunden, wirkt sie oft abwesend. Ihr Blick verliert sich, sie redet nicht mehr. Sie ist so schön wie nie und denkt an etwas anderes, vielleicht an jemand anderen. Diese Frau, deren Präsenz so stark ist, diese Frau, seine Frau, bewegt sich in einem stummen und fremden Raum. Manchmal und ohne einen ersichtlichen Grund greift sie ihn so heftig an, wie er es in der Vergangenheit getan hat, wofür er sich nun schämt. Er begreift es nicht.

Von Zeit zu Zeit essen sie gemeinsam zu Mittag. Er liebt diese Begegnungen, bei denen sie sich allein, außer Haus treffen. Sie sind frei. Der Raum eines Mittagessens ist nicht der des Abendessens. Es ist ein freierer Raum, weit weg von den Fäden, die sie zusammenhalten. Abends gehen sie gemeinsam fort und kehren gemeinsam zurück. Tagsüber treffen sie sich zwischen ihren jeweiligen Verabredungen. Er sieht sie anders. Sie ist nicht mehr die Mutter seiner Kinder und kaum noch seine Frau. Sie ist ein Mensch, den er verführen kann, der ihn in ein Restaurant einlädt, an das sie gewöhnt ist. An ihrem Tisch entdeckt er ein Wesen, das ihm entgleitet. Ihr Verhalten ist geprägt von einem unbekannten Nebel, dem ihres Berufslebens, das er nur aus ihren Berichten und von diesen Essen kennt, durch die er jene Reichtümer entdeckt, die kein Gespräch offenbaren kann. Doch nun verweigert sie ihm diese Zeit, die sie den anderen gestohlen haben. Sie sagt: »Bis Weihnachten habe ich jeden Mittag etwas vor.«

Er stellt ihr Fragen. Sie antwortet: »Sieben Jahre gemeinsamen Lebens, das nützt sich ab.« Und niemals mehr. Manchmal trinkt sie abends einen Whisky mit Perrier, was sie sonst nie getan hat. Er fragt sie, ob sie sich langweilt, sie sagt nein. Ob sie sich verloren fühlt, sie sagt ja. Ob sie depressiv ist, sie sagt nein. Ob sie ihm etwas verbergen will, sie sagt vielleicht. Er schleicht immer wieder um sie herum, ohne etwas zu entdekken Er fragt sie: »Hast du jemanden kennengelernt?« Sie bricht in Gelächter aus: »Warum sollte ich jemanden kennengelernt haben?« Früher fragte sie dann: »Wie sollte ich dafür Zeit haben?«

Sie steht auf, legt den Kleinen schlafen, liest dem Großen (fünf Jahre alt) eine Geschichte vor. Früher rief sie ihn beim Kosenamen aus dem Kinderzimmer zu sich. Jetzt jedoch kommt sie ins Wohnzimmer und sagt: »Du kannst hingehen.« Als wäre die Toilette nun frei.

Er geht hin. Er küßt den Kleinen und spielt mit ihm, liest dem Großen noch eine Geschichte vor, neckt ihn, redet mit ihm. Früher hat er ihn geschaukelt, Lieder für ihn erfunden. Seit fünf Jahren vollzieht er jeden Abend dieses Ritual. Er hat ihn immer als letzter küssen wollen. Nachts, bevor er ins Bett geht, kommt

er in das Zimmer zurück, deckt die Kinder noch einmal zu und sieht ihnen beim Schlafen zu.
Als er wieder ins Wohnzimmer kommt, trinkt sie in kleinen Schlucken ihren Whisky mit Perrier. Er setzt sich. Schon seit langem essen sie nicht mehr gemeinsam zu Abend.

Eines Abends explodiert er. Sie essen bei P., einem befreundeten Maler, den er seit fünfzehn Jahren kennt. Einige Leute sind da. Er macht sich keine Sorgen. Er verbringt seine Zeit damit, die Zeichen zu beobachten und zu deuten, durch die sich die Haltung seiner Frau von der an normalen Abenden unterscheidet. Sein Geist ist von dieser Übung völlig in Anspruch genommen. Er redet nicht, kaum daß er so tut, als nähme er Anteil; ihm ist es egal, daß man ihn für einen Flegel hält, denn an diesem Abend ist er tatsächlich einer. Nur seine Frau interessiert ihn. Die Aufmerksamkeit, die er ihr entgegenbringt, ist umgekehrt proportional zu der, die sie ihm widmet. Er möchte gern alles gut machen oder vielmehr es so gut wie möglich machen, und er weiß, daß, wenn er seine Energien nicht beherrscht, es ein Drama geben wird. Er gibt sich ungeheure Mühe, um ihr nicht in der Öffentlichkeit die Fragen zu stellen, die ihn martern: Warum dieser ins Leere gehende Blick, warum dieses Flattern der Augenlider, woran denkt sie, wird sie meine Hand zurückweisen und meinen Arm, was ist los, wird sie mich endlich ansehen?

Doch sie sieht ihn nicht an und wehrt Arm, Hand, alles ab. Da provoziert er sie, sie antwortet, und er stürmt drauflos, würzt die Szene noch mit Rufen ins Leere, die nur Vorwände sind, um nicht auf das Wesentliche zu sprechen zu kommen.
Die anderen folgen dem Ganzen, ohne sich zu rühren, ohne zu verstehen. Schließlich steht er auf, nimmt seine Jacke und verabschiedet sich mit vorgetäuschter Lässigkeit. Sie folgt ihm zum

Auto. Sie fahren heim und setzen die Szene hinter geschlossenen Türen fort. Zumindest erspart ihr das, seine Hand zu nehmen.
Er setzt sie vor dem Haus ab und kehrt dann zu seinen Freunden zurück. Als er kommt, sagt P. zu ihm: »Du bist ein wenig heftig gewesen.« Er antwortet, daß es bei ihr immer eine Schicht an der Oberfläche und eine weitere in der Tiefe gibt, die nur er sieht, wenn er allein mit ihr ist, und sie kennt immer den Grund für seine Wut. Doch er weiß, daß er unrecht hat. Daß er immer unrecht gehabt hat. Er ist wie sie, und das ist noch eine ihrer gemeinsamen Wurzeln. Er schafft es nicht, so zu tun, als ob.
Am nächsten Tag reden sie nicht darüber. Das ist eben ihre Größe.

Zu seinem Geburtstag lädt sie ihn zum Abendessen in ein italienisches Restaurant ein. Sie spricht von ihrer Arbeit, von Freunden, Eltern, Kindern. Er erträgt die Kluft zwischen ihrem Geplauder und dem Knoten nicht, der ihn seit dem Sturm erstickt. Er haßt diesen Lack, den sie so ungeschickt auf einen Fleck aufträgt, den sie verbergen will. Er möchte verstehen, aber was verstehen? Ständig entzieht sie sich. Kalt erklärt er: »Du vergeudest nur die Zeit. Deine Arbeit, deine Freunde, Eltern, Kinder – das ist mir alles egal. Reden wir von uns …«
»Und was? Mit uns, das geht doch …«
Ganz plötzlich stellt sie ihm Fragen über das Buch, das er schreibt. Sie fragt ihn genau aus, hört zu gut seinen Antworten zu. Er kennt ihre *Tricks*, wie Vailland gesagt hätte. Das ist ein Ablenkungsmanöver. Es wird ihm nicht gelingen. Nicht heute abend. Etwas Ernsthaftes ist passiert.

Sie wollen sich *Taxi Blues* von Pavel Lounguine ansehen. Er spielt das Spiel der Hände und verliert sofort. Er denkt, daß man sich in einem Kinosaal nicht anlügen kann. Man hat dort seine Angewohnheiten, und der Raum ist zu beschränkt, um Ausweichmanöver zu gestatten. Es hießt hier ja oder nein.
Es heißt nein.
Am Ausgang nimmt sie seinen Arm nicht. Er verschanzt sich hinter einem strengen Schweigen. Sie spricht vom Film, sagt, er zeige eine Atmosphäre, wie er sie ihr letztes Jahr geschildert habe, als er von einer Reportage aus Leningrad zurückkehrte. Er denkt an Leningrad. Zehn Tage und zehn Nächte lang hatten sie versucht, sich zu erreichen. Und als er endlich mit ihr gesprochen hatte, hatte sie gesagt: »Das ist das erste Mal, daß wir so lange nichts voneinander gehört haben. Ich möchte dich sehen.«
Damals gab sie ihm die Hand, den Arm, die Lippen und den ganzen Körper, die sanfte Lerche … Er ist traurig.
Er fragt, ob sie essen gehen wollen. Sie sagt nein. Ob sie etwas trinken gehen wollen. Sie sagt ja. Er sucht einen Weinkeller in der Rue de Seine aus. Sie setzen sich auf eine Bank, nicht weit entfernt von anderen Paaren, die auflachen und sich umarmen. Sie bestellen etwas zu trinken, scherzen über dieses und jenes, dann gibt er dieses und jenes von sich, alles mögliche, und er fragt: »Was ist los?«
Sie lacht: »Nichts.«
Er drängt weiter, aber nicht sehr. Später wird sie sagen, er sei ihr so auf die Nerven gefallen, daß sie seinem Drängen nachgegeben habe. Doch das Drängen kam von ihr, und nur von ihr. Er suchte nach einem Brandherd, den jedes Lächeln von ihr, jedes

ihrer Worte und auch jedes nichtgesprochene Wort von ihr wieder neu schürte.
Sie sagte, als ob sie sich befreite, sie sagte, mit einem vertraulichen Lächeln, sie sagte, und in ihrem Gesichtsausdruck lagen das Glück und der Stolz eines kleinen Mädchens, das seinen geheimsten Garten öffnet, sie sagte: »Ich bin in einen anderen Mann verliebt.«
Er sah sie an.
»Doch zwischen uns ist nichts gewesen.«
Zum erstenmal seit so vielen Wochen las er echte Liebe in ihrem Blick, die Zärtlichkeit der Vergangenheit, das schreckliche Leid, das sie ihm von nun an zufügen würde, seit jenem ersten Tag und unvermeidlicherweise bis zum letzten.
Er fragte: »Du liebst mich nicht mehr?«
»Doch«, sagte sie. »Doch, ich liebe dich.«
Und sie nahm seine Hand.
Sie schwiegen, sie war ganz nahe, und er wußte nicht, wie er diese Handfläche liebkosen sollte, die sie ihm wie ein Pflaster reichte. Balsam und Schwert. Man hatte ihm gerade die Eingeweide zerrissen, und der Arm, der ihn getroffen hatte, tauchte tröstend in die Flut aus Blut, die er verursacht hatte.
Er fragte: »Wer ist der andere?«
Sie zog sich zurück. Nachdem sie sich ausgeliefert hatte, nahm sie wieder Besitz von dem Teil ihrer Geschichte, der ihn nichts anging. Der ihn nicht betraf. Sie schlug ihm die Tür vor der Nase zu. Doch er wußte. Er nannte einen Namen. Sie lachte. Sie war glücklich. Er weiß, daß sie glücklich war.
Er fragte sie: »Was machen wir nun?«
Sie antwortete: »Ich weiß nicht.«
»Willst du, daß ich gehe?«
»Bestimmt nicht.«
»Also du?«
»Nein. Wir bleiben zusammen.«

»Aber wenn du mich doch nicht mehr liebst?«
»Ich liebe dich. Ja, ich liebe dich!«
»Und der andere?«
»Den anderen auch. Ja, ich liebe ihn auch.«
»Und er liebt dich?«
»Ja, er liebt mich.«
»Aber das ist doch unmöglich!«
Er war außer sich, er war zerrissen, und er versuchte, mehr zu erfahren, oder aber er wollte Anhaltspunkte, so etwas wie ein Geländer entlang dieser glatten, stufenlosen Treppe, die er hinaufschritt, von ihr gezogen, gestoßen, geworfen, von ihr und ihren zarten Händen, von ihr und ihren leuchtenden Augen, meine Frau, meine Frau, brüllte er, er brüllte es in sich hinein, blieb jedoch ruhig, großzügig, und trank in großen Schlucken den vierten Whisky seines Schmerzes.
Auf dem Motorrad lehnte sie sich an ihn. Und auch im Schlafzimmer kuschelte sie sich an ihn. Sie akzeptierte, daß er ... Sie behielt seine Hand in ihrer. Er schlief sofort ein und wachte drei Stunden später auf, wie er noch einen Monat, zwei Monate, drei Monate, vier Monate lang in schrecklichen Nächten aufwachen sollte: den Kopf im Kopfkissen vergraben, und er öffnete die Augen in einer neuen Dunkelheit und begriff sofort, woraus der Schatten bestand, ein Axthieb im Nacken; er hob das Gesicht und senkte es wieder, vergraben unter den Laken, um nichts zu sehen, nichts zu hören, schlafen, nur noch schlafen.
Doch er schläft nicht. Er setzt sich auf und betrachtet sie. Stundenlang betrachtet er sie. Sie liegt gekrümmt am anderen Ende des Bettes, zusammengerollt und leise atmend. Ein schlafendes Kind ...
Als er endlich einschläft, hat sie sich nicht gerührt.
Als er an jenem Morgen aufwacht, zieht sie sich vor ihm an, sie zieht sich für einen anderen an, ihre Schönheit blendet ihn, er steht auf und geht ins Bad.

Er fragt sich, was er getan hat, was er nicht getan hat, was er hätte tun sollen, was sie erwartete und was er ihr nicht gegeben hat. Er ist kein bißchen eifersüchtig auf den anderen Mann. Sie lieben dieselbe Frau. Sie verdient es. Er hat Geschmack. Alter Schlawiner, ich beglückwünsche dich zu deiner Wahl. Alter Schlawiner, von nun an sind wir solidarisch. Alter Schlawiner, ich könnte dir die Hand drücken. Doch da nichts passiert ist, möchte ich lieber, daß du dich entfernst. Ich werde es dir sagen. Er hat nie geglaubt, er sei gegen eine solche Situation gefeit. Sie hatten einen Pakt geschlossen: sich nichts zu erzählen, er hat nichts erzählt und sie auch nicht, denn sie hatte nichts zu erzählen – sie wird es ihm bestätigen. Er denkt, daß all das ganz normal ist, daß er es ihr nicht vorwerfen kann, und dann hat der andere sie ja auch nicht in den Armen gehalten, der andere ist nur eine Leidenschaft von ihr, nur eine Leidenschaft. Sie beide, sie haben Kinder, sie hat etwas aufbauen wollen, und er hat es ihr geglaubt, das ist ganz schön beständig, sie werden die Klippe umschiffen.
Als er das Bad verläßt, umarmt er sie. Sie lehnt sich an ihn, hebt den Kopf und flüstert: »Geht's gut?«
»Ja. Mach dir keine Sorgen.«
Eine Stunde später fährt er auf seinem Motorrad Richtung rechtes Seineufer, wo er sich mit einem Produzenten trifft. Er hat ihn nie kennengelernt, doch er schätzt ihn für das, was er gemacht hat, und auch für das, was er nicht gemacht hat, was auf der Waagschale der Qualitäten genauso schwer wiegt.
Als er über die Seine fährt, vermischen sich die Wasser plötzlich, das Wasser des Flusses und das Wasser der Tränen, und er schluchzt hemmungslos, während er fährt. Er hat Kipling immer gehaßt, und er ist kein Mann, wenn man es unbedingt wissen will. Er ist verloren, weggeworfen, verlassen, das kleine Bild wird groß werden. Er beschleunigt, und je schneller er wird, desto mehr weint er, bemitleidet sich ein wenig. Er ist ein Kind.

Nichts ist schrecklicher für ein Kind, als zu lernen, wie man sich allein tröstet. Doch er liebt sich selbst nicht genug, um sich in die Arme zu nehmen.
Rote Ampel. »Blöde Bande!« schleudert er denen zu, die ihn von ihren Autositzen aus beobachten.
Wütend senkt er das Visier seines Helms. »Blöde Bande, blöde Bande, blöde Bande!«
Er biegt auf die breiten Avenuen ein, im fünften Gang, er rast. Wenn ein Polizist ihn anhält, wird er ihm erklären, daß seine Frau ihn nicht mehr liebt. Diese Entschuldigung wiegt alle Gesetzwidrigkeiten auf, zumindest in seinen eigenen Augen. Ihr kotzt mich alle an, ihr Blödmänner!
Er kommt vor dem Haus des Produzenten an. Im Rückspiegel sieht er sein Gesicht, rot und angeschwollen. Er faßt sich wieder. Ich kann doch so nicht auftauchen, ich werde warten, ich werde mich eben zehn Minuten verspäten.
Er schaltet die Zündung aus. Ein anderes Motorrad taucht auf. Das gleiche wie seines. Gefahren vom Produzenten. Er kniet sich hin, um nicht gesehen zu werden, belauert den anderen, der seine Maschine aufbockt, das Gebäude betritt und in einem Fahrstuhl verschwindet.
Er wartet zehn Minuten, geht die Treppe hinauf und klingelt an der Tür. Der Produzent öffnet. Händeschütteln. Er entdeckt sein Gesicht im Spiegel und sagt, während er auf seinen Helm zeigt: »Motorradfahren ist bei diesem Wetter furchtbar.«
»Haben Sie kein Visier an Ihrem Helm?« fragt der Gastgeber sanft.
Verloren.
Sie setzen sich nebeneinander in ein verlassenes Büro. An der Wand gegenüber hängen Fotos von einer Frau und einem Kind. Er starrt sie an. Der Produzent redet, und er hört ihm nicht zu. Schließlich sagt er: »Ich glaube nicht, daß Ihr Thema mich interessiert.«

Worauf der andere antwortet: »Warten Sie ab, bis ich es erläutere!«
Er erläutert. Zwischen uns läuft nichts. Aber ja, ich liebe dich. Ich weiß nicht, was ich tun soll. Eine Frau und ein Kind auf einer weißen Wand. Der Produzent spricht von Europa, von Drogen, ein höllisches Projekt, Ablieferung in sechs Monaten.
Er steht auf und wiederholt: »Ich habe keine Lust, darüber zu schreiben.«
Sie vereinbaren, sich wiederzusehen.
Schlußklappe.
Auf dem Bürgersteig denkt er, daß er sich nicht überwältigen lassen sollte. Aus einer Telefonzelle ruft er seinen Arzt an und läßt sich einen Termin geben.

Er erklärt ihm, er habe ein persönliches Problem und daß er Beruhigungsmittel wolle.
»Haben Sie schon welche genommen?«
»Nein.«
»Haben Sie ernsthafte Sorgen?«
»Sehr ernsthafte.«
Der Arzt betrachtet ihn freundlich. Er erhofft sich davon irgendwelche Erklärungen, erhält aber nur ein verkrampftes Lächeln. Er verschreibt ein Anxiolytikum, Lexomil, und ein Antidepressivum, Prozac. Einen Monat lang die höchste Dosis.
»Kommen Sie ruhig wieder, wenn es nicht besser wird.«
»Natürlich.«
Er läuft in die Apotheke und nimmt die ersten Tabletten ein. Auf dem Weg zu seinem Büro denkt er, daß er den vierten großen Schmerz seines Lebens kennenlernen wird. Den ersten erfuhr er mit zehn Jahren, als seine Eltern sich scheiden ließen; den zweiten acht Jahre später, als ihn das Mädchen, mit dem er zusammenlebte, verlassen hatte, während er seinen Militärdienst in Deutschland absolvierte. Der dritte hat auch mit Ver-

lassenwerden zu tun, obwohl er anderer Art ist. Sein tiefstes Elend hat immer mit kindlichem Kummer zu tun.
Sein Büro ist ein umgebauter Speicher unter dem Dach. Er hat ihn von seinen Autorenhonoraren gekauft. Ihm wäre ein Haus auf dem Land lieber gewesen, doch seine Frau riet ihm, dieses Zimmer zu wählen, das in der Nähe der Wohnung liegt und in dem er sich zum Arbeiten vergraben kann.
Er hat doppelte Wände einziehen lassen, hat den Boden verstärken und in die Fenster Doppelglas einsetzen lassen, und jeden Tag kommt er nun an diesen Ort, an dem ihn nichts aus der äußeren Welt erreichen kann. Er liebt seinen Speicher.
Er setzt sich hinter seinen Arbeitstisch, betrachtet die zuletzt beschriebenen Seiten, nimmt einen Kugelschreiber, legt ihn wieder hin, setzt sich auf einen anderen Stuhl, nimmt ein Buch, legt es wieder hin, betrachtet durchs Fenster den Jardin des Plantes, sein Gesicht im Spiegel, das Foto seiner Kinder und das ihrer Mutter, wäscht sich die Hände, putzt sich die Zähne, hört das *Andante* aus der *Hammerklavier-Sonate* von Beethoven, bricht beim dritten Takt ab, schaltet am Radio herum, schaltet es aus und legt sich schließlich mit geschlossenen Augen auf das Sofa, ohne einzuschlafen. So vergehen die Stunden.
Am Ende des Nachmittags ist er wieder zu Hause. Er spielt mit den Kindern. Eher zu ihrem Vergnügen als zu seinem, denn er wartet nur auf die Rückkehr ihrer Mutter. Sie muß ihn sehen, wie er hinter einem Berg von Playmobil kauert, muß ihn als Vater sehen, den keiner je ersetzen wird und der sie genügend rühren wird, damit sie sagt, wie sie es immer getan hat: »Guten Tag, meine kleinen Männer.«
Als sie kommt, weiß er, daß das Worte von früher sind.
Zwei Tage später verzichtet er, abgestumpft von den Antidepressiva, auf das Prozac und hält sich nun ans Lexomil. Ein Viertel beim Aufwachen, ein Viertel am späten Morgen, ein Viertel am Nachmittag, ein Viertel am Abend.

Sein Schlaf ist bleiern. Wenn er die Augen öffnet, ist sie schon aufgestanden. Deshalb läßt er das letzte Lexomil des Tages sein. Nun wacht er jeden Morgen um fünf Uhr auf. Und er betrachtet sie. Er verflucht diese Stunden, die so schnell vergehen: Das Bett ist der einzige Ort, wo er sie völlig für sich hat. Er möchte die Nächte verlängern.

Er folgt dem Lauf der Zeiger auf der Uhr. Wenn er meint, er kann es tun, sei es, daß sie sich bewegt, sei es, daß der Augenblick des Aufstehens naht, berührt er sie. Er tut es wie zufällig, zuerst Hüfte gegen Hüfte, dann ganz heuchlerisch, während er so tut, als schlafe er noch, aber immer auf der Lauer, was Widerstand von ihrer Seite angeht. Vor allem fürchtet er, daß sie es nur für ihn, nicht aber für sich selber akzeptieren könnte.

Doch sie akzeptiert es gar nicht. Sie küßt ihn flüchtig und macht sich mit einer Bewegung los, wenn er sie umarmt. Weil sie keine Zeit hat, weil der Kleine weint, weil, weil ...

Er empfindet keinen Zorn, keinen Groll, keine Eifersucht, keine Feindseligkeit. Er stellt nie Fragen. Er weiß es.

Am Wochenende schminkt sie sich nicht, treibt sich in Jeans im Haus herum. Am Montag zieht sie sich für ihre Arbeit an. Dienstag zieht sie sich für den anderen Mann an. Dieser liebt Schwarz. Der Lederrock von Agnès B., die Jacke von Saint-Laurent, große Schals, die imitierte Modigliani-Brosche. Wir sind alle ehemalige Linke. Er hat genausoviel Geschmack wie er selber, der ihr all das geschenkt hat, von dem er nun profitiert; recht hat er. Ach, wenn er ihr Jäckchen aus schwarzer Seide kennen würde! Und das T-Shirt mit dem aufgedruckten Wappen von New York, in dem sie schläft! Und ihre Kleinmädchenpantoffeln!

Dienstag abend wartet er voller Angst auf sie. Und umarmt sie trotz ihrer Abwehr.

Er muß mit seiner besten Freundin zu Abend essen und sagt es ihr. Sie antwortet: »Ich gehe auch aus.«

Normalerweise verbergen sie voreinander nicht, was sie tun. An diesem Tag sagt sie nur: »Ich gehe auch aus.« Er fragt: »Mit wem?« Sie zögert ein wenig und erklärt dann: »Mit ihm.«
Er geht lange vor ihr, denn er will nicht sehen, wie sie sich für den anderen Mann anzieht und fertig macht. Und er kehrt früh heim, denn er will nicht sehen, wie sie sich für ihn selbst auszieht und fertig macht.
Er stopft sich mit Lexomil voll, um nicht durch Überwachungs- oder Ablenkungsmanöver verführt zu werden. Er legt sich hin und wartet auf den Schlaf. Er möchte sich zwingen, nichts zu denken, nicht auf die verstreichende Zeit zu achten.
Er denkt nach und beobachtet unablässig den Wecker.
Er zieht die Decke übers Gesicht. Schluckt noch ein Lexomil, trinkt ein Glas Wasser. Dämmert in einem ekelhaften Halbschlaf dahin, aus dem ihn jedes Geräusch von der Straße oder aus dem Haus reißt. Er stützt sich auf den Ellbogen auf, hofft das Dieselgeräusch eines Taxis zu erkennen, erkennt es, hofft auf das Klappen der Haustür, auf einen Schritt im Treppenhaus, auf den Schlüssel im Schloß, hofft auf all das, was nicht kommt.
Er sagt sich: Sie haben sicher spät gegessen, er stellt sich die beiden vor, vor allem sie. Wenn er sie nach Hause brächte, müßte sie schon da sein, er stellt sie sich im Auto vor. Sonst müßte sie an einer Haltestelle warten; er stellt sie sich allein an einer Haltestelle vor. Vielleicht küssen sie sich; er stellt es sich vor …
Um zwei Uhr morgens steht er auf, betäubt vom Lexomil, und geht in die Küche. In diesem Augenblick kommt sie heim. Er hatte sich nicht getäuscht: Der andere mochte ihre Jacke von Saint-Laurent und die imitierte Modigliani-Brosche. Heiter fragt sie: »Du schläfst noch nicht?«
Er stottert etwas Unbestimmtes, und sie lacht zärtlich auf, dann kommt sie zu ihm und küßt ihn leicht auf die Lippen. Er sinkt an

ihre Schulter, atmet durch, schließt die Augen. Sie macht sich los.
»Weißt du, wo wir waren?«
Er schüttelt den Kopf.
»Im *Haus des Kaviars!*«
Vor zwei Wochen hatte er sie ins *Haus des Hummers* ausgeführt. Sie hat Geschmack. Und der andere ist aufmerksam.
Sie essen außerhalb, sie laden ein, sie flüchten die Zweisamkeit. Er bittet sie, sich ans Steuer zu setzen, damit er nicht ihre Hand ergreift, wie er es früher getan hat. Und auch weil er sie lieber beobachtet, wie sie auf die Straße schaut, als auf einen Punkt in der Ferne, rechts, wo die Hoffnungen wachsen, die ihm nicht gehören.
Er lehnt Kino und Theater ab, einmal genügt. Genauso wie alle Orte, wo eine zu große Lockerheit der Sitten ihn an die Gesten von früher erinnern könnte.
Eines Abends, als sie spät von einem Essen heimkehren, auf dem ihr Blick ihm ständig ausgewichen war, streift sie in der Garage einen Pfosten. Er ruft aus: »Du machst alles kaputt, was mir gehört!« »Alles« ist natürlich er selber. Danach nimmt er einen gut eingeschenkten Whisky, zwei Viertel Lexomil und schläft am äußersten Bettrand ein, weit weg von ihr.
Er kauft ihr Seidenunterwäsche, eine Handtasche, Ohrringe, einen Mantel. Für den Mantel bekommt er einen Kuß auf den Mund. Ein gutes Zeichen. Er schlägt ihr ein Wochenende in Le Touquet vor.
Sie nimmt die Einladung an.
Er träumt.
Doch nur wenn sie die Kinder mitnehmen.
Er bekommt Alpträume.
Er braucht seine Söhne und wünscht sie paradoxerweise gleichzeitig weit weg. Denn sie stellt sie ständig zwischen sie beide. So vermeidet sie Konfrontationen: verbal, wenn sie unvermeidlich

erscheinen; körperliche, wenn er sie ein wenig zu fest an sich drückt. So ist immer einer da, der schreit, selbst wenn er das nicht hört.
Nun, im Augenblick sind die Kinder nicht das Wichtigste. Ihre Mutter entgleitet ihm, nicht sie.
Sie sitzt in einem Sessel, ihr Glas Whisky mit Perrier in der Hand, die Miene niedergeschlagen. Er geht zu ihr: »Was ist denn los?«
»Nichts.«
»Kann ich was tun?«
»Nein.«
Eine Stunde später hat sie sich immer noch nicht gerührt.
Er sagt: »Wir müssen reden.«
Sie stimmt zu. Sie gehen aus. Finden sich in den Ledersesseln eines großen Hotels am Montparnasse wieder. Sie bestellen. Er will großzügig sein. Ihr geht es schlecht, er möchte ihr helfen. Er hofft, in ihren Augen derjenige zu bleiben, auf den sie am meisten zählen kann. Da er nicht mehr der einzige ist, hofft er wenigstens der Zärtlichste, der Verständnisvollste zu sein. Zärtlichkeit und Verständnis sind nur Ersatz für die Liebe, doch seine Liebe will sie ja nicht. Er begnügt sich mit dem, was sie ihm läßt. Naiv glaubt er, ihr bester Freund werden zu können, ihr Bruder, derjenige, bei dem sie weinen wird, wenn alles zerbricht. Dann wird er sie wieder erobern.
Er begeht einen Fehler: Er weigert sich, von dem anderen Mann zu sprechen. Was er weiß, genügt ihm. Er spürt, daß er nicht die Kraft hat, sich mit den sicher grausamen Bildern auseinanderzusetzen. Er versteht nicht oder er will nicht verstehen, daß für sie das Wesentliche nicht er ist, der ja da ist, sondern der andere, der nicht da ist. Anstatt die Sache direkt anzugehen, wühlt er sich vor, stellt Fragen über sich selber oder über sie beide. Er fragt, ob sie will, daß er geht, und sie antwortet nein, ob sie lieber allein schlafen will, und sie zuckt die Achseln. Er kommt

leichter auf einem Weg voran, den er selber sich gebahnt hat, doch bald schließt sich das Gestrüpp wieder, als er sie danach fragt, was sie tun will, und sie erwidert: »Ich weiß nicht.«

»Wirst du mich verlassen?«

»Nicht jetzt.«

»Warum?«

»Ich hab dem anderen Mann gesagt, daß ich nicht jetzt gehe.«

Das »jetzt« verletzt ihn weniger als der Gedanke daran, daß sie zusammen sind und von ihm sprechen; so kann sich zwischen beiden ein gegenseitiges Einverständnis herausbilden, das genügt, um seine eigene Zerstörung ins Auge zu fassen, ein notwendiger Übergang zum Aufbau ihrer Gemeinschaft. Da stehen sie. Und sind weit davon entfernt.

Sie sagt, ihrer Meinung nach sei die Situation die kleinbügerlichste, die sie sich vorstellen kann, nur daß das Dreieck keines ist, da nichts passiert ist. Darauf antwortet er, daß Probleme niemals etwas mit der äußeren Form zu tun haben. Dann führt er sie auf den einzigen Weg, den sie noch gemeinsam gehen, gestern und vorgestern und nicht morgen und nächste Woche.

Sie sagt, die Last des Alltagslebens habe sie erstickt, er sei nie dagewesen, habe sich wenig um sie gekümmert, habe sich in seinen Büchern vergraben. Aus alldem hört er nur die Vergangenheitsform heraus. Den Rest weiß er. Er wirft sich das alles schon genug vor. Sie nicht; dabei wußte sie doch genau, als sie sich entschloß, mit einem Schriftsteller zu leben, daß es so sein würde. Im Grunde hegt sie keinen Groll gegen ihn. Sie hat nur ganz einfach einen anderen Mann kennengelernt. So sagt sie jedenfalls.

Für ihn ist das alles schrecklich. Man kann gegen eine Wirklichkeit kämpfen, auf die man Zugriff hat, zum Beispiel gegen sich selbst, aber nicht gegen fremde Liebschaften.

Denn darum geht es; hier liebt sie, dort ist sie verliebt. Er begreift. Er selber lebt mit Menschen, die ihn bedrängen und in

Frage stellen, für jemand anderen Schatten, die nur unter seiner Hand Gestalt annehmen, um dann in schmerzlicher Verwirrung wieder zu verschwinden. Sie jedoch, die diese Brüche nicht kennt und sie dabei doch wie jeder andere verdient, entdeckt sie anderswo, denn sie braucht das, hat es immer gebraucht; das weiß er, und er respektiert es. Ein Hauch von Aufbegehren streift ihn jedoch, wenn er an diese Last des Alltagslebens denkt, ein Ehepaar mit zwei Kindern, ein Bild, das er brauchte und das ihn paradoxerweise erschreckte, während sie so sehr danach strebte, es aus dem Familienrahmen zu lösen und ein persönliches Weihebild daraus zu machen. Bitter denkt er, daß jetzt nicht die Zeit für die Begleichung alter Rechnungen ist. Es gibt Schlimmeres: Seine Kinder und seine Frau sind wie Gestalten, die sich aufmachen, das Buch zu verlassen.

Er entdeckt einen anderen Menschen. Denselben wie vorher, aber etwas fehlt, und zwar ihre gemeinsamen Paßwörter, die sich allmählich verlieren. Die Paßwörter, die ihr gemeinsames Gedächtnis bilden. Bald wird er verwaist von ihr sein.
Im Laufe der Tage verflüchtigen sich Gesten und Aufmerksamkeiten. Es bleiben ihm nur alte Spuren, und die Erinnerung daran vertieft die Wunden. Wenn sie ihn mit einem Kosewort anredet, zuckt er zusammen. Zwei Koseworte ersparen ihm das erste Lexomil des Tages. Drei würden zu seinem Glück genügen. Doch sie zählt nicht mehr bis drei.
Sie meidet seinen Blick, als wolle sie sich nicht an ihrer gemeinsamen Vergangenheit stoßen oder ihn glauben machen, daß ihre Geschichte noch existiert. Er lauert auf die Reste, die sie ihm überläßt.
Er zieht die Kleidung an, die sie mag, rasiert sich jeden Morgen sorgfältig, erweist sich als so aufmerksam wie möglich. Umsonst. Er geht nackt umher, läßt seinen Bart wachsen, kümmert sich nicht um sie. Umsonst. Er hat keine Macht mehr über sie.
Er raucht immer mehr. Nicht nur Pfeife, sondern Zigarren und Zigaretten. Sie öffnet das Fenster: »Ich halte diesen Gestank nicht aus!«
Sie hat ihn niemals ausgehalten. Vor zwei Jahren hat er aufgehört zu rauchen. Am ersten Tag hat sie nichts gemerkt. Am zweiten auch nicht. Und auch nicht am dritten. Am Ende der ersten Woche hat er sie gefragt, ob sie nicht eine Veränderung festgestellt habe.
»Nein.«
»Ich rauche nicht mehr.«
Überrascht hat sie ihn angesehen. Er hat sich gesagt, daß irgend

etwas zwischen ihnen nicht funktionierte; daß sie das Negative viel schärfer wahrnahm als das Positive. Ein schlechtes Omen, das er nicht berücksichtigt hat. Tabak ist schädlich.
Am Abend fragt er sich, wie sie ihm guten Abend sagen wird.
Am Morgen fragt er sich, wie sie ihm guten Tag sagen wird.
Am Abend: seinen Bauch berühren.
Am Morgen: seinen Bauch berühren.
Sie fahren mit den Kindern nach Le Touquet. Er hat Zimmer in einem Luxushotel reservieren lassen. Auf dem Weg scheint sie anderswo zu sein. Die Hände hat sie unter ihrer Handtasche zusammengepreßt, die Tasche liegt auf ihren Knien, und er sieht darin so etwas wie eine Barrikade, die er nicht ernsthaft zu überwinden versucht.
Sie gehen am Strand entlang. Der Wind weht, und man sieht Drachen, Hunde ohne Leine, umherspringende Kinder, Pfützen im Sand, quadratisches Bauland mit Telefonantennen. Meeresspaziergänge haben ihm nie viel bedeutet. Er liebt das Ufer, nicht das Meer.
Da es nicht leicht ist – Bilder verpflichten –, zu zweit neben den Wellen dahinzuschlendern, ohne sich die Hände zu geben, erlaubt sie es, daß er ihren Arm nimmt. Und sie gehen dahin, den Kleinen in der Karre, während der Große vor ihnen herläuft, genauso wie die anderen mehr oder weniger großen Familien, die an diesem Sonntag den Strand besuchen. Doch sie sind nicht wie die anderen oder nur nach außenhin, denn sie denken gegensätzlich; er macht Pläne, sie hört kaum hin.
Er denkt: Ich habe sie zwei Tage lang ganz für mich. Montag wird sie gehen. Und nach dem Montag kommt der Dienstag …
Er sagt: »Wir könnten öfters herkommen, die Kinder kämen an die frische Luft, du würdest dich erholen, wir könnten etwas in der Nähe des Strandes mieten.«
Sie antwortet: »Vielleicht.«
Er fährt fort, zeigt auf Hotels, lobt das Klima, bewundert die Mö-

wen: »Ich würde den Kindern beibringen, Drachen steigen zu lassen, du könntest im Sommer mit ihnen baden« – alles Dinge, mit denen er nie etwas zu tun haben wollte; mit dem Drachen genausowenig wie mit den Möwen und noch weniger mit dem Baden.

Er belauert ihre Reaktionen, ihre »Warum nicht?« beruhigen ihn, ihre »Wir werden sehen« entzücken ihn; er ist begeistert, wenn sie auflacht und sich leise über seine verrückten Pläne lustig macht; ausnahmsweise ist sie seine Komplizin.

Er verteidigt sich: »Du hast mich in eine Form gepreßt. Ich kann versuchen, mich davon zu befreien.«

Und sie lacht herzlich: »Aber wie, mein Schatz?«

»Bitte?«

»Warum solltest du Dinge tun, die du haßt?«

»Nein. Wiederhole, was du vorher gesagt hast.«

»Was habe ich gesagt?«

»Du hast gesagt: ›Mein Schatz‹.«

»Ich habe ›Schatz‹ gesagt. Na und?«

Er ist im siebten Himmel. Dieses Wort, das er haßte, wenn sie es früher verwendete, scheint ihm nun von allem Zauber dieses Strandes umgeben, von diesen Drachen, diesen Möwen, die er nun auf ewig lieben will. Ja, sie hat ihn in die Form seiner Abneigungen gepreßt, und deshalb ist er nicht mehr mit ihr einkaufen gegangen, ist er nicht mehr sonntags spazierengegangen, deshalb hat er sich nicht für die Organisation der Dinge interessiert. Denn jedesmal, wenn er den Wunsch auf dieses oder jenes äußerte, sagte sie: »Laß doch, ich weiß, daß es dich nervt.« So hat sie seine kleinen Wünsche und kleinen Versuche abgetötet.

Er spricht diesen Gedanken laut aus, der nicht neu ist. Sie erwidert: »Machst du Witze?«

Nein, er macht keine Witze. Er erinnert sich an das erste Mal, als er bei ihr zu Abend aß, vor acht Jahren, und als er ihr beim Kochen helfen wollte. Sie hat ihn abgewehrt und gesagt: »Das wirst du später machen.« Später war es zu spät. Er erkennt seine Fehler an, bewilligt sich aber trotzdem einige Entschuldigungen. Sie hat ihn in ein männliches Schema gepreßt, jenes, das sie in der Frauenbewegung bekämpft, und voll Entzücken hat er sich an das männliche Totem binden lassen, denn dort kam er auf seine Kosten. Und sie selber ist eine Frau geworden, dann eine Ehefrau, eine Ehefrau mit Kindern, die ihren Mann »Schatz« nennt und sich wie alle ihre Freundinnen benimmt, das heißt nicht wie ihre Mutter, auf keinen Fall wie ihre Mutter, aus hunderttausend Gründen vielleicht, von denen ihr zwei grundlegend erscheinen: Diese Generation kocht nicht, und sie macht Liebe, wann sie es will.

Der Rest kommt ihm wie die Reproduzierung eines ein wenig verschobenen Musters vor, mit etwas verwischten Formen, doch die Formen sind noch da. Manche erkennt er wieder, sowohl was sie als auch was ihn angeht oder das Paar, das sie darstellen, das Zusammenzählen zweier Abdrücke. Es ist sehr wahrscheinlich, daß ihre Eltern mit fünfunddreißig den gleichen Spaziergang in Le Touquet gemacht haben, daß sie eher nach Trouville gefahren sind als nach Deauville, nach Etretat, in den Süden, manchmal ins Ausland. Wenn es nicht außergewöhnliche Umstände gegeben hätte, hätte ihr Leben ihrem eigenen geähnelt; das denkt er im übrigen oft und erinnert sich dabei daran, wie er seine Eltern sah, als er zehn Jahre alt war: als stabile Personen, ein wenig extravagant, frei und ziemlich intelligent. Wenn er einen Blick auf sich und seine Geschichte riskiert, stellt er sich immer vor, was wohl seine Kinder von ihm denken würden, wenn sie zehn wären. In seinen Augen ist das die einzig legitime Meßlatte. Und zweifellos würden sie ihn so betrachten, wie er seinen Vater betrachtete. Dies erlaubt ihm, den zurückgelegten Weg abzuschätzen. Er ist nicht mehr siebzehn. Und sie auch nicht.

Er ist auch in der Lage, den Platz seiner Eltern in der Pyramide des Alters und des Status gemäß dem, was sie machen, haben und nicht haben, einzunehmen. Es handelt sich weniger um den Besitz von Gütern und Aktien als vielmehr um kleine Dinge, die Zeichen setzen. Wen er zum Beispiel das Bad betritt, ist er immer wieder überrascht von der Anzahl der Fläschchen auf dem Brett über dem Waschbecken, Parfum, After-Shave, Schaum, verschiedene Lotionen, und wenn er sich daran erinnert, mit was ihre Toilettensachen gefüllt waren, als sie sich kennenlernten, erkennt er, wie sehr sie sich verändert haben. Sie fuhren nur mit leichtem Gepäck in den Urlaub, nun brauchen sie ein volles Auto. Die Winterkleidung wird im Sommer weggeräumt und mit Mottenkugeln versehen, was ihn immer wieder erstaunt, ihn, der eine beschränkte, aber ausreichende Garderobe besitzt und seit der Kindheit vergessen hatte, daß nach dem Monat April Kordsamt nicht mehr angebracht ist. Sie spenden Geld für die Kurden und für Suppenküchen, geben den Pennern aus der Rue Mouffetard Zehn-Francs-Stücke, bringen den Kindern die Achtung vor dem Anderssein bei – und die Kinder nennen sie »die Jungens«.

Sie kauft im Ausverkauf bei Sonia Rykiel, er besitzt ein Paar Westons, sie fliegen, nehmen Taxis, gehen auf Premieren, trinken nie etwas anderes als Weine mit der Bezeichnung »appellation contrôlée«, bereiten im Februar die Ferien im Juli vor, kaufen keine Würstchen bei Demonstrationen mehr, keine trockenen Kuchen zum Frühstück, trinken verschiedene Teesorten, haben einen elektrischen Kessel und einen Ministaubsauger, einen Parkplatz, einen Keller, einen Code an der Tür des Hauses, eine Concierge, der sie Weihnachtsgeschenke machen, viele Freunde, die anrufen, bevor sie kommen, eine Arbeitsbelastung, die über die neununddreißig Stunden hinausgeht, Erschöpfungszustände, Müdigkeitsanfälle, ein paar Sorgen, kaum mehr Anfälle von Verzweiflung.

Sie sind erwachsen. Oft ist der Blick, mit dem er sich und seine

Frau betrachtet, ein wenig verblüfft, als ob all das an Zauberei grenze, eine angenehme Zauberei, bequem, von erträglicher Schwere, wie ein Gewitter, das nicht losbricht.
Diese Anzeichen stempeln sie als zur gehobenen Klasse zugehörig ab, in der sich die Linksintellektuellen bewegen, die in Paris wohnen. Sie zeigen sie als das, was sie sind: moderne Bürger, unabhängig, Konsumenten der angebotenen Annehmlichkeiten. Ja, sie sind ganz schön groß geworden. Und da sie gemeinsam groß geworden sind, war es normal, daß sie einander jeweils die Rolle zuwiesen, die der eigenen entsprach, und genauso normal war es, daß einer von beiden die Bühne vor Ende des Stücks verließ: Diese Rolle hat keinen entsprechenden Part.

Sie sind spätnachmittags ins Hotel zurückgekehrt. Sie ist mit den Kindern ins Schwimmbad gegangen. Er wollte sie begleiten, worauf sie meinte: »Laß doch, wir wissen, daß dich das nervt.«
Er hat ein Viertel Lexomil geschluckt, hat einen Whisky getrunken und hat angefangen, sich Notizen zu machen. Sofort, als ob er sich mit sich selber versöhnt hätte, hat er ein Gefühl des Trostes, der Vertrautheit, eine riesige Erleichterung verspürt. Und auch, das erste Mal seit langem, das Gefühl einer unbestimmten Energie. Im Schmerz wird er die Kraft schöpfen, die zum Schreiben nötig ist, und wird so das einzig mögliche Gleichgewicht wiederherstellen. Nichts anderes kann ihn retten. Denn das Schreiben ist die einzige Begegnung in seinem Leben, die ihn niemals verraten hat – und es wird ihn nicht verlassen. Wenn er für sich diesen Blick eines Fremden auf seine eigene Person geschaffen hat, dann deshalb, weil er sich so und nur so für erträglich einschätzte. Das Schreiben ist das letzte Mittel, die einzig mögliche Sprache.
Sie haben im Restaurant zu Abend gegessen, dann haben sie, nachdem sie die Kinder ins Bett gebracht haben, in der Bar des Hotels etwas getrunken. Sie haben versucht, vom Regen und

vom schönen Wetter zu reden, beide bemüht, die Qual zu umgehen. Doch das ging nicht lange. Ob in ihrer Gegenwart oder wenn sie fort ist, er denkt nur an die Situation, in der sie sich befinden, und trotz ihres Widerwillens, über das Thema zu reden, drängt er sie so sehr, daß sie schließlich darauf zu sprechen kommt – wie sollte es auch anders gehen?
Sie versucht, sich ein letztes Mal zu entziehen, argumentiert mit seinem Sinn fürs Tragische, worauf er antwortet, daß die Dinge ihm tatsächlich tragisch vorkommen, was sie nicht leugnet und so die schwache Hoffnung zerstört, die er gerade entdeckt hatte. Sie spricht von sich. Das tut sie sonst nie. Er hört ihr gerührt zu. In all diesen Jahren hat er auf das gewartet, was sie ihm heute abend schenkt, tiefgehende Geständnisse dessen, was sie empfindet, worüber sie Kummer verspürt, ihre Hoffnungen und ihre Verzweiflung. Aus einem Grund, den er nicht kennt und der wahrscheinlich mit dem Tragischen zusammenhängt, das sie nicht leugnen kann, läßt sie sich gehen, läßt die Mauern aus Beton einstürzen, die sie seit langem schützen. Er hat diese Panzerwände immer respektiert, die ihr zweifellos erlaubt haben, zu überleben und zu leben, aber er hat sie auch gehaßt, denn sie verbargen einen Teil von ihr, den sie an diesem Abend sparsam preisgibt, während sie einen Wodkacocktail trinkt. Und sie erscheint ihm umwerfend, schön innen und schön außen, diese Frau, die er liebt und die ihn vielleicht verlassen wird. Er denkt, daß er sich selber in den Abgrund geworfen hat, weil er ihr nicht oft genug gesagt hat, wie bezaubernd sie ist, und das wahrscheinlich, weil er nicht glaubte, sie sich verdienen zu müssen. Was die neue Lage bestätigt: Wenn sie geht, dann verdient er sie tatsächlich nicht.
Sie kommen auf den anderen Mann zu sprechen. Er respektiert die Liebe, die sie für ihn empfindet, sagt ihr das, und er würde die Situation von Jules und Jim akzeptieren, doch wahrscheinlich nicht lange, sagt es ihr nicht. Verweigert sich von neuem

jeder Vertraulichkeit von ihrer Seite, was sie beide angeht. Er flieht vor den Bildern und den Vorwänden für eine Eifersucht, die er nicht verspürt. Er will edel sein. Was er vor allem schützt, ist der Weg zu dieser edlen Haltung. Er möchte sich nicht verachten.
Während er sie ansieht, überzeugt er sich hochmütig, daß keiner sie jemals so lieben wird wie er. Er sagt es. Er denkt auch, daß andere, besser als er, ihr eine weniger ewige Liebe beweisen können. Er sagt es nicht. Wegen eines wichtigen Widerspruchs zwischen dem Grundsätzlichen und dem Nebensächlichen. Er hat das Nebensächliche verpatzt, selbst wenn ihm das Grundsätzliche zu eigen ist. Grundsätzliche Frage: Wozu ist das nütze?
Er fragt: »Bedauerst du, daß du mit mir gesprochen hast?«
Sie sagt ja. Weil ihr die Macht des Schlages nicht klar war, den sie ihm versetzte. Und auch, da ja nichts zwischen dem anderen und ihr vorgefallen ist, weil sie ihn wegen eines Phantasiebildes leiden läßt, das vielleicht zu nichts führen wird. Womit sie ihm, ohne es zu wissen, einen neuen Stoß versetzt, indem sie bei ihm Fragen in Gang setzt, die er sich von nun an ständig stellen wird, obwohl er genau weiß, daß die Antwort nichts ändern wird: Haben sie, werden sie miteinander schlafen?
Nun fragt sie: »Bedauerst du, daß ich mit dir gesprochen habe?«
Er sagt ja. Weil es nun keine Ausflüchte mehr gibt und er zum Warten verdammt ist.
»Zum Warten auf was?«
»Darauf, daß du dich entscheidest.«
Hilflos starrt sie ihn an. Er fügt hinzu: »Vor zwei Wochen hast du mir gesagt, daß du in einen anderen verliebt bist. Du hast nicht mit ihm geschlafen, und du weißt nicht, wie du dich entscheiden sollst. Ich warte darauf, daß du entweder mit ihm schläfst oder Schluß machst.«
»Mit wem Schluß machen?«
»Wenn du mit ihm schläfst, machst du mit mir Schluß.«

»Warum?«

»Ich kenne dich. Ich weiß, daß es so sein wird.«

Sie trinkt ihr Glas aus. Sie kehren ins Hotelzimmer zurück. Er sagt: »Ich hätte es lieber gehabt, daß du nicht mit mir sprichst, denn du hast dich nicht entschieden. Du hast mich nicht vor vollendete Tatsachen gestellt, sondern vor die Möglichkeit einer Tatsache.«

Darin liegt die Tragik: in diesem feinen Randbereich, in dem alles zum Zeichen wird. Und er kann diese Zeichen nicht einmal interpretieren, denn sie kann es selber nicht. Sie wartet, und er wartet, daß sie aufhört zu warten.

»Ich brauche Zeit«, sagt sie nach einem Moment des Schweigens.

»Nimm sie dir.«

Dann fragt er: »Was kann ich tun?«

»Nichts. Nichts hängt von dir ab.«

»Ich bin ein passiver Mensch, ich bin ein passiver Mensch, ich bin ein passiver Mensch«, wiederholt er mit einem Lächeln.

Vor der Zimmertür wendet sie sich ihm zu: »An dem Tag, an dem du mich bitten wirst, das Haus zu verlassen, werde ich das sofort tun.«

Er nimmt ihren Arm und zwingt sie, ihn anzusehen.

»Wartest du auf etwas?«

»Ja.«

»Auf was?«

»Ich kann es dir nicht sagen.«

Auf dem Bett liegt eine Plastikpistole herum, die dem Großen gehört. Er nimmt sie und zielt damit auf ihre Schläfe: »Hände hoch!«

Sie lacht. Er nimmt sie und bedroht sie dabei mit der Waffe.

Sein Kummer ist wie Ertrinken. Sie hat ihm den Kopf unter Wasser getaucht. Sie weiß nicht nur, wie sie ihn wieder herausholt, sie weiß auch sehr rasch, wie sie ihn wieder hineintaucht,

mit Hilfe eines Wortes oder einer fehlenden Geste. Manchmal denkt er, anstatt sich zu bemühen, auf sie zuzuschwimmen, sollte er sich darum sorgen, nicht unterzugehen.
Er rettet sich mit Hilfe von Lexomil, die kleine grüne Schachtel steckt immer in seiner Tasche. Sobald in ihm die Last der Qualen hochsteigt, schluckt er eine Viertel Tablette. Und beginnt allmählich methodisch vorzugehen, schluckt das Medikament dann, wenn er sich schwach fühlt: morgens beim Aufwachen und spätnachmittags, wenn der Abend kommt. Er geht so diskret wie möglich vor, außer wenn der Groll die Oberhand gewinnt. Dann schneidet er die Tablette vor ihren Augen entzwei und sagt: »Das da ist wirklich ekelhaft.« Damit sie weiß, wer der Ursprung seiner Dosis Angsthemmer ist.

Sie verlassen Le Touquet am Sonntag nach dem Mittagessen Schweigend fahren sie auf der verregneten und befahrenen Straße. Die Kinder spielen hinten. Sie schaut nach rechts, hin zu diesem Punkt, der ihm so fremd ist. Während er fährt, fragt er sich, ob sie, wenn sie so abwesend ist, an den anderen Mann denkt oder an ihn. An den anderen Mann in Liebe, an ihn im Schmerz. Oder an den anderen in Schmerz, an ihn in – in was?
Irgendwann erträgt er das Schweigen nicht mehr und bricht los: »Denke leiser!«
Sie setzt sich nach hinten, um dem Kleinen die Flasche zu geben. Er richtet den Rückspiegel, um die Szene besser zu sehen: eine Mutter und ihre Kinder, Papa, der aus dem Wochenende nach Hause fährt. Harmonisch. Bei den sich ankündigenden Staus, dem Gehupe überholender Autos, den sich verstärkenden Schlangen und den Flüchen, die an den roten Ampeln loshageln, sagt er sich, daß das Familienbild perfekt ist. Er hatte keine Lust darauf, zumindest nicht so. Aber er hat es getan.
Auf der Autobahn sieht er wieder nach hinten. Die beiden Jun-

gen schlafen auf den Knien ihrer Mutter. Jähe Wärme steigt in ihm auf. Er fragt: »Und du möchtest all das kaputtmachen?«

Sie zögert und antwortet: »Nein.«

»Wenn wir keine Kinder hätten, was würdest du tun?«

»Es wäre leichter.«

»Was wäre leichter?«

Sie schweigt.

»Leichter zu gehen?«

Sie antwortet nicht. Er schluckt ein Viertel Lexomil und analysiert so kühl wie möglich: Wenn wir allein wären, wäre die Geschichte wahrscheinlich zu Ende.

Er versichert sich, daß die Jungen schlafen, und fügt hinzu: »Wir werden niemals nur wegen der Kinder zusammenbleiben.« Er fragt sie nicht einmal nach ihrer Meinung. Er hat einen der Ansprüche ausgesprochen, über die sie sich immer einig waren. Im übrigen bedeutet ihr Schweigen Zustimmung.

Er stellt den Rückspiegel zurück und rast auf Paris zu. Jetzt braucht er etwas anders. Er braucht seine Freunde.

Sie mögen dieselben Leute, mit denen sie eine ähnliche Geschichte verbindet. Sie sind Kinder des Mai 68, selbst wenn ihnen die paar Jahre fehlen, die denen, die älter sind als sie, erlaubt haben, vom Tränengasstaub der Rue Soufflot zu den vergoldeten Täfelungen des Hotels de Lassay überzuwechseln. Sie brauchen keine zwanzig Jahre, um den Boulevard Saint-Michel zu überqueren. Und wenn sie es tun, dann um ihre Kinder in den Jardin du Luxembourg spazierenzuführen oder um bei Dalloyau Kuchen zu essen. Ohne Chauffeur oder Bedienstete.

Sie haben die Soldatenräte kennengelernt, den Kampf für die Abtreibung, Larzac, Superphénix und die alternativen Bewegungen. Mit siebzehn haben sie ihre Eltern verlassen, und das war ein echter Bruch, eine Art, den Gedanken Taten folgen zu lassen, ein wirkliches Risiko, das keiner bereut, selbst wenn dieser Bruch viele daran gehindert hat, nach dem Abitur zu studieren.

Seitdem sind sie allein zurechtgekommen.

Sie sind alle links, doch auf eine Art links, die wenig zu tun hat mit den politischen Gruppierungen, die an geraden Tagen nach rechts und an ungeraden Tagen zur Mitte neigen. Sie sind keine Anhänger der halbmonatlich wechselnden Parkerlaubnis.

Sie haben spät gewählt und sind zutiefst eingefleischte Antirassisten, Antifaschisten und verabscheuen Dummheit.

Ihre Freunde haben moralische Prinzipien, an die sie sich halten, Kinder, um die sie sich sehr kümmern, Geld, das sie nicht anlegen, Putzfrauen, die sie beim Vornamen nennen. Sie machen sich über Pferderennen und Lotto lustig, aber nicht über Reisen; über Fortsetzungsromane, aber nicht über Fußballspiele. Sie gehen ins Kino, ins Theater, selten in Großmärkte, sie lesen

Zeitungen. Sie treiben wenig Sport, sammeln keine Bonsais, haben keine Lebensversicherung abgeschlossen, kehren mondänen Essenseinladungen den Rücken, geben aus, was sie verdienen. Die Paare sehen sich zusammen, aber auch zu zweit, die Männer unter sich und die Frauen unter sich, und die Gesprächsthemen variieren je nach der Anzahl. Man spricht über Politik, Kultur, den Job, über die Kinder, sehr wenig über Essen und Geld, nie über Autos und Computer. Man träumt davon, was man täte, wenn ..., man beschwert sich ausnahmsweise über ..., man ist nicht unzufrieden mit sich, man strebt nach Besserem, aber nicht nach mehr, man kennt das Intimleben eines jeden, man faßt sich nicht mit Glacéhandschuhen an, man ist ein wenig wie Geschwister, es ist eine Generationsfrage. Die Männer bleiben Machos, weniger als gestern, aber wahrscheinlich genauso sehr wie morgen, die Frauen arbeiten, sind frei und gleichberechtigt, beide sind einigermaßen treu und einigermaßen diskret, ziemlich zärtlich, eher komplizenhaft, unabhängig von den Eltern und der Erinnerung an die Großeltern verbunden, mit Haut und Haaren ihren Kindern ergeben. Die Frauen schätzen Friseure, die ein wenig chic sind, die Männer mögen Montblancs (Kugelschreiber, nicht die angeberhaften Füllfederhalter). Sie besitzen alle ein Filofax. Sie sind die Filofax-Generation.
Die Freunde sagen: »Man hätte meinen sollen, das es eher du als sie sein würdest.«
In manchen Phasen ihres gemeinsamen Lebens hat er tatsächlich daran gedacht, mit ihr Schluß zu machen. Hätte er es getan? Er glaubt es nicht. Aber er hat es gesagt, und das zunächst zu ihr. Es handelte sich vor allem um eine Drohgebärde, um ihren Widerstand zu brechen. Da er nie den Kampf ums Kräfteverhältnis gewann, griff er zu dieser letzten und groben Waffe, um die Mauern aus Beton einzureißen, die er nicht zum Verschwinden bringen konnte. Er hoffte, daß ein Zusammenbrechen sie näher-

bringen würde. Er hätte sie in die Arme genommen, um sie zu trösten, einfach um sie zu trösten. Niemals hat sie es akzeptiert, daß er sie tröstete. Niemals hat sie an seiner Schulter geweint. Und sie hat ihm auch nie gesagt: »Mir geht's nicht gut.« Sie schloß sich in ihrer Luftblase ein und wehrte ihn heftig ab, wenn er sich näherte. Sie sagte: »Jeder hat sein Päckchen zu tragen.« Und wenn er ihr bei einer ihrer Szenen vorwarf: »Das geht einfach nicht mehr!«, antwortete sie: »Dann geh doch, Alter. Geh!« Und in ihrem Blick lag ein stolzes Leuchten.

Er ging nicht. Allerdings tat er so, als ordne er seine Papiere, während er darauf wartete, daß sie ins Zimmer kam, um ihn zu bitten, er möge doch bleiben. Sie kam nicht. Oder wenn sie es tat, dann nur, um sich zu erkundigen: »Ißt du hier zu Abend?« Sie hat die Waffe des Ich-gehe-jetzt nie ernst genommen.

Das letzte Mal, daß er sie einsetzte, war auf Formentera, auf einer Straße, die am Meer entlang führte. Er sagte: »Wir werden uns noch verlassen.« Sie hat nichts geantwortet. Sie war mit dem Kleinen schwanger. Das wußte er noch nicht.

Die Freunde verstehen. Sie gehören nicht einer Generation an, die die Familie als heilig betrachtet. Jeder ist frei, zu bleiben oder zu gehen. Die Familie ist ein Zusammenschluß, der nur zeitweilig ist. Jeder weiß, daß eine Begegnung ein Risiko im Leben ist und daß in der Mittelmäßigkeit die Gefahr des Überlebens liegt. Die Freunde urteilen nicht. Sie sagen: »Wir sind da, um dir zu helfen.«

Er erzählt seine Geschichte und hört denen der anderen zu. Sie sind sich manchmal sehr ähnlich. Schmerzhaft vergraben in der Erinnerung der Paare, die ihm gegenüber sitzen, bereit, hervorzubrechen, bewaffnet mit stumpfen Klingen, die schon ein nichtiger Anlaß schärfen kann.

Alle, die ihm nahestehen, haben ähnliche Krisen erlebt. Diese Generation verschweigt ihre Probleme nicht. Sie sind schließlich keine Kleinbürger. Kleinbürger betrügen schweigend. Für sie selber hat betrügen oder nicht betrügen keine Bedeutung. Diese Worte ergeben keinen Sinn. Sie verstehen sie nicht. Nur weil man mit jemandem schläft, sagen sie, heißt das doch nicht, daß man den anderen betrügt. Sie erleben keine Dreiecksgeschichten. Oder aber der andere weiß alles. Eines Tages tritt jemand in das Leben ein, und anstatt ein Boulevardstück Mann-Frau-Geliebter/Geliebte zu schreiben, in dem das Spiel im verborgenen gespielt wird, wird alles ans Tageslicht gebracht. Und oft kommt es zu einer Explosion. Man geht das Risiko ein, daß alles explodiert. Aber danach kann man von vorne anfangen. Man wird es nie vergessen, aber man kann von vorne anfangen.

Die Freunde stellen Fragen. Er gesteht, daß er die Krise nicht hat kommen sehen. Daß sie nie etwas Definitives gesagt hat. Sie schien sich in dem Leben, das sie führten, wohl zu fühlen. Sie schien darin ein Gleichgewicht gefunden zu haben. Und dann ist alles aufgebrochen. Er weiß nicht, ob sie in einer Sackgasse stecken. Doch er weiß, daß sie sich nie mit halben Maßnahmen zufriedengeben werden. Wenn er am Anfang glaubte, eine Geschichte à la Jules und Jim akzeptieren zu können, dann weil Jules von Jim wußte und Jim von Jules. Er ist ihr dankbar, diese Version gewählt zu haben, anstatt eines Stückes von Feydeau.

Die Freunde sagen: »Nimm nur dein Lexomil.«

Sie raten: »Teile dir deine Dosis gut ein.«

Oder aber: »Laß es unter der Zunge zergehen. Nimm abends zwei. Niemals morgens nach dem Aufwachen. Trink das letzte mit einem Whisky ohne Eis …«

Man führt ihn in die Brüderschaft des Angsthemmers ein. Er gehört von nun an zu den Freunden des Lexomil.

Er ißt mit S., der besten Freundin seiner Frau, zu Mittag. S. weiß alles, von Anfang an. Er trifft sie nicht, um Informationen zu bekommen, die er noch nicht kennt, sondern nur, damit sie ihn

beruhigt. Er stellt ihr nur eine Frage, zwei Stunden lang und in jeder Tonlage und auf alle erdenkliche Art.
»Werden wir es schaffen?«
»Ich weiß es nicht«, antwortet S.
Sie sitzt ihm in T-Shirt und Jeansjacke gegenüber; und sie sieht ihn mit dem bestürzten Blick desjenigen an, der helfen möchte, aber nicht um jeden Preis, nicht indem er schwindelt oder lügt.
»Ich habe doch wohl eine Chance!«
»Natürlich hast du eine Chance.«
»Und wie siehst du diese Chance? Klein, groß?«
S. verzieht verzweifelt den Mund.
»Was soll ich tun?«
»Nichts. Du kannst nichts tun. Es hängt nicht von dir ab.«
Sie nimmt seine Hände und behält sie in ihren. Er liest Kummer in ihren großen schwarzen Augen. Weil sie ihn leiden sieht, weil sie selber leidet, denn diese Geschichte erinnert sie an eine andere oder an zwei andere oder auch an drei andere, die ihr passiert sind. Er versteht, daß er Angst macht. Er verstummt.
Als sie vom Tisch aufstehen, sagt S. zu ihm: »Hab Geduld.«
Er nimmt den Rat an und kommt auf den Ausgangspunkt zurück: »Wenn ich Geduld habe, habe ich eine Chance?«
»Ja.«
»Eine echte Chance?«
»Alle Chancen.«
S. lächelt. Und er dankt ihr aus tiefstem Herzen. Er weiß sehr wohl, daß er ihr dieses Zugeständnis abgerungen hat. Doch er vergißt es sofort. Ja, er wird Geduld haben. Er führt einen Krieg. Er kämpft um sein Leben. Geduld ist nicht gerade eine Kardinalstugend von ihm, im Gegenteil, aber er wird es lernen. Wenn er gewinnt, werden sie und er die Liebe und ihre verschiedenen Formen bis zum Wahnsinn entdecken. Wenn er verliert ... Aber er wird nicht verlieren.
Er macht sich Notizen. Er macht sie sich aus der Notwendigkeit

heraus und nicht für das Buch, das daraus entstehen könnte. Er ist unfähig, sich einer anderen Aufgabe zu widmen. Beim Schreiben kommt es ihm vor, als verankere er sich in sich selber, und dann legt sich sein Schrecken, wie das Flügelschlagen eines Vogels, der sich auf einen Strand niedersenkt.

Er schreibt, um sich zu säubern, um seinen konfusen Sinnen eine Richtung zu geben und, vielleicht, um seine Frau zurückzuerobern. Er schreibt, weil er nicht anders kann.

Als er noch einmal alles durchliest, entdeckt er eine romanhafte Dimension in Fakten und Gesten, die hunderttausend Menschen vor ihm erlebt haben. Manchmal werden sie, die Kinder und er so etwas wie die Figuren eines Romans, in dem er eher der Anstifter als eine der handelnden Personen ist. Wenn er kein Schriftsteller wäre, würde ihn der Stolz daran hindern zu schreiben. Doch ein Schriftsteller, der an seinem Tisch sitzt, kennt nur einen Stolz: gut zu schreiben.

Er legt seine Seiten in einen Aktenordner, der den Titel der Rubrik trägt, die er regelmäßig für eine Literaturzeitschrift schreibt: *Poubelles* (Papierkorb).

Er lehnt Arbeiten ab, die man ihm anträgt, schiebt die auf, an denen er gerade war. Wenn man darauf besteht, sagt er: »Ich kann nicht. Mein Kopf ist krankgeschrieben.«

Er erinnert sich an A. F., eine seiner Freundinnen, Schriftstellerin, die vor einigen Jahren an Krebs starb. Als sie ihn das letzte Mal empfing, waren ihre Haare ganz kurz geschnitten, und sie trug ein Gewand aus grober Wolle. An allen Wänden ihrer Wohnung hingen vergrößerte Fotos ihres Vaters, der in einem Konzentrationslager umgekommen war. Seine Freundin sagte, daß sie den Tod bekämpfte, wie ihr Vater es getan hatte, bevor er unterlag. Er verspürt, er begreift nun dieses Bedürfnis, nicht zu entfliehen, den Finger auf die Wunde zu legen und sie zu bekämpfen, Verzweiflung gegen Verzweiflung, nackt. Deshalb schreibt er.

Er erinnert sich weiter. Als sie ihn hereinließ, zeigte diese Freundin ihm eine aufgeschnittene Beule, die ihr im Hals gewachsen war. Sie sagte ihm, ihr Arzt solle anrufen, um ihr die Ergebnisse der Analyse mitzuteilen. Der Arzt rief an. Sie nahm ab. Nachdem sie aufgelegt hatte, meinte sie nur: »Es ist eine Metastase.«
Er wartet auf die nächste Metastase. Doch was auch geschehen mag, er wird nicht daran sterben. Davon allein ist er überzeugt.

Sie hat die Autorität verloren, die er an ihr nicht mag. Sie ist von sanfter Schönheit. Sie leidet an einer unendlichen Traurigkeit, die ihm weh tut. Doch sie steht ihr wunderbar: Sie läßt an ihr hervortreten, was er an ihr liebt, eine Offenheit, eine Klarheit, eine Unfähigkeit zu heucheln, eine Seele, eine Zärtlichkeit und seltsamerweise auch ein Erfülltsein.

Er ist körperlich verrückt nach ihr.

Es geht ihnen abwechselnd schlecht. Wenn sie leidet, wegen des anderen Mannes oder wegen der Angst, die sie davor empfindet, sieben Jahre gemeinsamen Lebens zu zerstören, stellt er sich auf die Zehenspitzen, um ihr zu Hilfe zu kommen. Wenn sie es endlich, endlich akzeptiert, daß er sie tröstet, rührt und bewegt sie ihn. Er denkt nicht mal daran, daß das Objekt ihres Schmerzes seinen eigenen Verlust verursachen kann, denn in diesen Augenblicken sind sie so zusammen, wie sie es nie gewesen sind. Sie ist so bewundernswert zärtlich, daß er es vergißt. Und er verspricht sich, alles zu tun, um *ein guter Mann* zu bleiben. Er fürchtet den Moment, in dem er, weil sie geht, Verteidigungsmechanismen aufbauen könnte, die wie alle Verteidigungsmechanismen abscheulich sein müssen. Nur nicht so weit kommen. Niemals.

Er hat sie im Auto ins Büro gefahren. Sie war wunderbar nett. Und völlig verloren. Er hat den Großen gespielt. Er hat gesagt: »Wenn du nicht weiß, was du tun sollst und es dir hilft, werde ich für dich entscheiden.«

Sie hat den Kopf geschüttelt. »Rühr dich nicht. Begeh nichts Irreparables.«

Sie hatte Angst. Bevor sie ging, drückte sie ihn an sich. Sie hatte Tränen in den Augen.

Da sie sich entfernt, sieht er sie nun anders. Er sieht sie als eine Frau, die nicht mehr die seine ist, die er erobern und liebe muß. Er sieht sie als einen Teil seiner selbst, der ihm ein wenig fremd ist. Er sieht sie als eine Hirschkuh. Sie ist seine Hirschkuh.
Er denkt, daß eine Frau, die sich anschickt, einen Mann zu verlassen, sich nicht so liebevoll zeigen kann. Doch er weiß nicht, ob die Zärtlichkeit, mit der sie ihn behandelt und die in nichts der von früher ähnelt, daher rührt, daß sie ihn liebt, daß sie sich über sich ärgert, daß sie mit sich selbst nicht zurechtkommt, oder aber daher, daß sie Angst hat, die Lage nicht zu meistern, daß sie fürchtet, er könne es jedoch schaffen, und sie so riskiert, alles aufzugeben. Sie will sich nicht rühren, sie will nicht, daß er sich rührt, sie fürchtet das Irreparable. Eine Hirschkuh, die von zwei Gewehren in Schach gehalten wird.
Der Schmerz hat ihn stark gemacht.
Eines Tages, als er das Foto von ihr betrachtete, das noch immer auf seinem Schreibtisch stand, packte ihn die Wut. Er fragte sich, warum sie ihm so weh tat. Er versteckte das Foto und warf die Telefonnummer ihres Büros weg. Denn auf dem Foto war sie zu schön, und er wollte sie nicht anrufen, nicht an sie denken, sie vergessen, vergessen ...
Er dachte daran, seinen Ehering abzuziehen, als er eines Tages mit einer anderen Frau zu Mittag aß. Doch er tat es nicht. Er sagte sich, daß dies nicht loyal wäre. Und auch, daß es ein böses Omen wäre.
Er entspannt sich, indem er ein bißchen trinkt. Er raucht furchtbar viel. Er nimmt ab. Er ernährt sich, um keinen Hunger zu haben. Er hat auf nichts Lust.
Wenn sie nett zu ihm ist, weil sie den anderen Mann gesehen hat (im allgemeinen dienstags); wenn sie kalt ist, weil sie ihn nicht gesehen hat und sie ihm zweifellos vorwirft, dazusein statt seiner. Dann lauert er auf freundliche Gesten. Er bettelt. Er ist schwerfällig.

Der Schmerz machte ihn stark. Es war ein guter Morgen. Am nächsten Tag hat der Schmerz ihn niedergeworfen. Und so vergehen die Tage, von Stunde zu Stunde, von Aufstieg zu Abstieg. Er ist zu keiner Entscheidung fähig. Wenn er so tut, als sei er kalt und distanziert, um sie anzulocken, kann er nicht lange dem Bedürfnis widerstehen, sie an sich zu drücken. Sie lenkt ihn.
Jeden Abend notiert er in seinem Kalender die Temperatur des Tages. Er hofft, eine Kurve aufstellen zu können und so eine Logik seiner Launen zu entdecken. Er schreibt: Gut, Mittel, Schwer, Schrecklich.
Das Schwere liegt vorne. Das Schreckliche kommt zu oft vor. Schrecklich ist es, wenn beide in ihren Sesseln sitzen, sie ihren Whisky-Perrier und er seinen Whisky mit Eis trinkt und nichts sie ablenken kann, weder die Kinder, die seit langem schlafen, noch das Fernsehprogramm, das sie niemals ansehen, nichts, das ihnen erlaubt zu vergessen, eine Pause zu machen, sich bei den Händen zu nehmen und zu sagen: Helfen wir einander.
Er wartet auf den vierzigsten Tag. Vor fünf Jahren hat er eine Prüfung erduldet, die vierzig Tage gedauert hat. Auf den vierzigsten Tag fällt der Vorabend ihres Hochzeitstages. Er redet sich ein, daß dann *etwas* passieren wird. Und er macht sich große Vorwürfe, daß er auf keine andere Waffe zurückgreifen kann als auf das Irrationale, um seine Not zu bekämpfen.
In ihren Gesten gesteht sie zu, was nötig ist, um ihn zu beruhigen, niemals mehr. Früher reichte sie ihm auf der Straße den Arm. Nun geht sie neben ihm, die Hände in den Taschen des Mantels, den er ihr geschenkt hat. Er haßt diesen Mantel. Wegen der Taschen. Und auch weil es vielleicht das letzte Geschenk gewesen sein wird, das er ihr machte.
Während er neben ihr geht, spürt er an seiner linken Seite eine Leere. Er weiß nicht, was er mit seinem Arm machen soll, mit seiner Hand, seinem Handgelenk, seinen Fingern. Die ganze linke Seite seines Körpers ist verwaist. In Trauer.

Er hat es mit einer Kamikazeoperation versucht. Es war ein Abend voller Wut. Er sah sie als eine Jugendliche, ein verwöhntes Kind, das in den Trugbildern eines anderen Lebensalters schwebte und mit ihm umging, als ob er ein Vater oder Vormund wäre. Er hatte genug von dieser Unsicherheit, die sie ständig vor ihm zur Schau trägt: Ich liebe dich, und ich liebe den anderen. Ich weiß nicht, ich weiß nicht, drei Drehungen, und weg ist sie. Er hat sich gefragt, mit welchem Recht sie ihn zwingt, ihr in ihren Launen zu folgen, warum sie ihn dazu bringt, dieses Warten zu erdulden, unter dem Vorwand, daß sie es ja selber erdulde, warum sie sich nicht entscheidet, warum sie ihm eine Neigung, ein Zögern, etwas vage Mögliches mitgeteilt hat, das schließlich recht bequem war, weil es zu nichts führte – nichts war ihr genommen, weder das Materielle ihres Lebens mit ihm noch das Immaterielle ihrer Träume mit dem anderen. Er sagte sich, daß sie ihn auf einen Grill gelegt hat, daß sie ihn Tag und Nacht mit einer Geschicklichkeit sadistisch behandelt, die um so seltsamer ist, als an ihr nichts Perverses ist. Zum erstenmal hat er sich empört. Er wollte, daß sie erwachsen wird. Daß sie ihren siebten Himmel verläßt und in die Hölle herabsteigt und dabei die Folgen dessen, was er an diesem Abend ihre Launen nannte, abschätzt und klärt.
Nachdem die Kinder im Bett waren, ist er zu ihr ins Wohnzimmer gegangen, hat sich ihr gegenüber gesetzt und gesagt: »Wir müssen an eine Trennung denken.«
Sie hat ihren Whisky-Perrier in einem Zug ausgetrunken und ist schnell aufgestanden. Er ist ihr in die Küche gefolgt.
»Wir können nicht so weitermachen. Wir müssen von den Kindern und dem Haus sprechen.«
Sie ist ins Bad geflohen. Er ist ihr nachgekommen.
»Wir müssen an eine Scheidung denken.«
Sie ist wieder ins Wohnzimmer gegangen. Er hat den Nagel in ihre sieben gemeinsamen Jahre getrieben und hat die Spitze im-

mer wieder umgedreht, um ihr weh zu tun und um sie zu erschrecken. Ein Bild ist ihm eingefallen: Nach der Scheidung seiner Eltern stach er sich eine Kompaßnadel ins Handgelenk und drehte diese Spitze immer wieder um, um seinem Vater weh zu tun und um ihn zu erschrecken. Blut floß nicht. Er erinnert sich noch an den leichten Widerstand des Gewebes und an das Geräusch des Zerreißens, das dem Laut ähnelt, den ein Faden, den man abreißt, hervorbringt.

Er hat ihr das eisige Bild der Zukunft skizziert. Verschreckt ist sie in die Knie gegangen und hat sich an ihn geschmiegt. Sie hat geflüstert: »Ich will es nicht hören. Ich habe Angst.«

Eine Minute später ist sie aufgestanden, wieder kalt und distanziert, als ob die Furcht vor der Gegenwart die Furcht vor der Zukunft überwältigte, die Aussicht auf den *Status quo* sie mehr erschreckte als die Aussicht auf den Bruch. Der winzige Laut des zerreißenden Fadens. Dieses Geräusch, das einem immer endgültig vorkommt, denn es klingt wie unumkehrbar.

Um vier Uhr morgens ist er wie jeden Morgen aufgewacht, und die Angst ist über ihm zusammengeschlagen. Er hat gedacht, daß Diskussionen wie die vom Vortag sinnlos seien. Sie hat es vor ihm begriffen: Er sucht solche Gespräche, während sie davor flieht. Wenn sie *davon* sprechen, dringen sie immer zu einer intensiven Komplizenschaft vor, die sofort zerbricht. Doch wenn sie nicht davon redeten, würden sie auch über jedes andere Thema schweigen, denn keines ist ja wichtiger als dieses.

Er sieht sehr oft seine weiblichen Freunde und wenig seine männlichen, mit Ausnahme von einem, R., der Gefährte von S. Bis zu seiner Heirat hat er sich lieber mit Frauen angefreundet als mit Männern. Er hat die Aufmerksamkeit der Mädchen immer der der Jungen vorgezogen. Diese Bevorzugung hängt wahrscheinlich mit Fragen der Verführung zusammen, aber nicht nur. Im Militärdienst hat er den Schrecken vor männlichen Ansammlungen kennengelernt, wo man fast immer schließlich vulgär über das Geschlechtliche herzieht. Er braucht das nicht, heute noch weniger als gestern.

Heute kommt der weibliche Teil seiner Person zum Ausdruck, der bei Frauen eine sensiblere Reaktion weckt. Diese bezeugen ihm eine Zärtlichkeit, eine Zuneigung, die für ihn unabdingbar sind. Er sprengt den Kreis der Paare, deren Regel ihm wegen ihrer Unumstößlichkeit dumm vorkommt: Man sieht sich zu viert oder als Paar, die Männer unter sich, die Frauen unter sich.

Er ißt zu Mittag mit G., einer anderen Freundin seiner Frau, die auch seine Freundin ist. Als er im Restaurant G. gegenübersitzt, denkt er: Ihre drei besten Freundinnen sind alle schön, alle brünett, sie haben alle dunkle Augen, sind alle Jüdinnen. Ich habe dunkle Augen, ich bin Jude. Sie ist blond, sie hat helle Augen, und sie ist ungläubige Katholikin.

G. stellt er keine Frage über die Geständnisse, die sie vielleicht gehört hat: Er will sie nicht in Verlegenheit bringen. Und dann weiß er darüber mehr als jeder andere, weil seine Frau die Situation nicht beherrscht und weil er, aus Gründen der Nähe, besser als jeder andere ihren verschiedenen Launen folgt.

Er fragt G. nur, was er tun soll und was er erhoffen kann.

Sie sagt: »Sprich nicht mit ihr. Schreib ihr. Sie liebt den Schriftsteller in dir.«

Auch G. ist Schriftstellerin.

Er schreibt. Er läßt überall in der Wohnung Zettel liegen, Briefchen in einem lockeren Ton geschrieben, Liebeserklärungen, zärtliche Aufforderungen. Am Morgen liegen seine Blätter an allen möglichen Orten herum. Er nimmt sie wieder, gedemütigt, weil sie nicht mal daran denkt, sie aufzubewahren.

Eines Tages sagt er zu ihr: »Und wenn die Putzfrau sie entdeckt?«

Manche räumt sie weg. Andere verschwinden im Papierkorb.

Oft sagt sie: »Ich liebe es, wenn du mir schreibst.« Und manchmal, außer sich: »Du hast mir schon wieder geschrieben!«

Sie ist schöner denn je. An ihrem Körper und in ihrem Gesicht sucht er nach (sehr seltenen) Unvollkommenheiten, die er an ihr kannte, und entdeckt keine einzige.
Er hatte unrecht, von ihrer Trennung zu sprechen. Sie war bis dahin nur eine schreckliche Verirrung. Von nun an ist sie abschätzbar. Er hat das neue Spiel begriffen, das sie spielt. Sie sagt: »Wenn wir uns verlassen, werde ich am Stadtrand leben. In Livry-Gargan zum Beispiel«
Das wird zwischen ihnen zu einem geflügelten Wort. Wenn du in Livry-Gargan sein wirst ... Du wirst uns in Livry-Gargan besuchen ... Mit dem Bus ist Livry-Gargan nicht weit entfernt vom Jardin des Plantes ...
Manchmal lachen sie darüber.
Eines Abends ist sie spät und schlechtgelaunt heimgekommen. Sie hat ihn nicht geküßt, war gemein zum Großen, hat sich dann, den Blick in die Ferne gerichtet, in einen Sessel fallen lassen. Da hat ihn die Wut gepackt. Er hat es nicht akzeptiert, daß sie zu Hause die Konflikte oder die Schwierigkeiten klärt, die sie vielleicht außerhalb mit dem anderen hat. Er hat sich als Garant der Familie aufgespielt. Er hat gesagt: »Wir müssen deine Krisen nicht ertragen. Entweder du bleibst und dann bist du wirklich da, oder du gehst.« Worauf sie geantwortet hat: »Ich kann mir den anderen nicht aufsparen.« Dann: »Da zwischen uns nichts passiert, würde ich dich nicht verlassen, um mit ihm zu leben.«
Sie wirkte völlig aus dem Gleis geraten. Und er hat entdeckt, daß die Wut ihm half. Sie gab ihm einen Halt. Er hat gesagt, was er wollte. Es war das erste Mal. Er hat gesagt: »Ich werde das Haus nicht verlassen. Und ich werde die Kinder behalten.« Dann hat er sie ungeschickt und ohne ihr eine Wahl zu lassen, mit Fragen bestürmt.
Sie ist völlig stumm geblieben.
Bevor er ins Bett gegangen ist, hat er für den nächsten Morgen einen Zettel als Ultimatum ins Bad gelegt: *Entweder Du liebst*

mich und küßt mich, bevor Du Dich duschst, oder Du gehst sofort. Er hat erklärt, daß er in diesem Fall auf ihr Bankkonto eine Summe überweisen ließe, die genügen würde, um es ihr zu ersparen, in Livry-Gargan zu leben.
Am Morgen, als sie aufgewacht ist, hat er sie an sich gedrückt. Dann ist sie aufgestanden. Sie ist ins Bad gegangen. Er hat das Wasser der Dusche rauschen hören. Eine Viertelstunde später ist sie zurückgekommen. Er wußte, daß sie wiederkommen würde. Sie hat ihn ziemlich kalt geküßt.
Manchmal, wenn er die Paare in seiner Umgebung beobachtet, überlegt er, daß ein Mann und eine Frau nach Jahren gemeinsamen Lebens durch eine Zärtlichkeit miteinander verbunden sind, die an jene von Geschwistern erinnert, wenn man siebzehn ist und sich zusammen gegen die Unbilden des Lebens verbündet. Sie beide benehmen sich wie Geschwister mit vierzehn Jahren, lautstark, streitsüchtig, sie eine kleine Nervensäge, er ein Scheißkerl.
Sie tauschen praktisch keine Gesten und keine Worte mehr aus, die mit ihrer Geschichte zu tun haben. Sie flieht davor. Er hat den Eindruck, daß sie die Situation in der Schwebe lassen will: warten, ohne etwas zu entscheiden. Aber warten.
Worauf?
Er denkt an die Worte, die sie in Le Touquet ausgesprochen hat, vor der Tür ihres Zimmers: »Ich warte auf etwas, aber ich kann dir nicht sagen, worauf.«
Und wenn das besagte Etwas von dem anderen abhinge?
Er erinnert sich wieder: »Ich kann mir den anderen Mann nicht aufsparen.«
Er stellt sich ihre Beziehung vor: Sie sind zusammen, sitzen in einem Café, vielleicht hält er ihre Hand, und sie erzählt ihm von ihren Konflikten. Und der andere Mann, der nicht wie er in einem Dilemma steckt, hat die wunderbare Rolle der Ruhe und der Intelligenz, die alles aus der Distanz sieht, inne.

Er erinnert sich an ihre ersten Begegnungen. Das erste Mal war bei einem Fest bei einer gemeinsamen Freundin. Sie trug ein schwarzes, sehr einfaches Kleid und schillernde Ohrringe, die so lebhaft wirkten wie ihre grauen Augen. Sie sprühte. Sie hatten sich gegenüber gestanden und miteinander geredet, ein Glas in der Hand.

Das zweite Mal war bei ihm gewesen. Er wohnte in einem Appartement im fünften Arrondissement von Paris. Sie war mit einer Freundin aufgetaucht, als er gerade mit Freunden zu Abend aß. Sie waren in eine Disco am Montparnasse tanzen gegangen, wo er meistens seine Nächte verbrachte, trinkend, lachend, wobei er selten die Tanzfläche betrat, da er nur ein dürftiger Tänzer war. Er liebte diesen Ort, wo ihm nichts verboten war, und wo er so ziemlich alles angestellt hatte.

An diesem Abend hatte er entdeckt, daß sie hervorragend Rock 'n' Roll tanzte. Er hatte sich hingestellt und angefangen, wie ein Hanswurst mit den Hüften zu wackeln; er ließ sie vor und zurück tanzen wie ein Kreisel. Sie lachten. Er machte ihr eine vage Liebeserklärung. Sie hatte sich sanft über ihn lustig gemacht.

Beim drittenmal war es nach einem Essen gewesen, das er mit einer seiner großen Jugendlieben organisiert hatte, die er zurückzuerobern hoffte. Er hatte sich mit ihr in der Straße vor dem Restaurant verabredet. Sie war gekommen, als er sich von seinem Gast trennte. Sie war ihm um den Hals gefallen und hatte ihn mit einer unendlichen Zärtlichkeit umarmt. Er hatte in dieser Geste so etwas wie eine Inbesitznahme gesehen, eine stumme Sprache, die dem anderen bedeutete: Ich bin es, und nur ich.

Beim viertenmal hatte er sie zum Essen an die Place du Panthéon ausgeführt. Sie hatten viel geredet. Ihr Charme machte ihn zu einer Wolke – leicht, verschwommen, verliebt.

Beim fünftenmal war er allein zu Hause, es war ein Frühlingsabend, es war schön.

Danach hatte er mit einer unerhörten Brutalität alle seine Frau-

enbeziehungen beendet, vor allem zu einer Frau, die er sehr geliebt hatte und die er seit zehn Jahren regelmäßig traf. Diese Frau hatte einen Jungen, H., und ein Mädchen, M., die er seitdem immer wieder gesehen hatte, da er sehr an ihnen hing.
Einige Wochen später lebten sie zusammen, und sie heirateten dann sehr schnell. Sie taten es, weil sie Lust darauf hatten und aus keinem anderen Grund.
Wenn er an den anderen Mann denkt, sieht er sich vor sieben Jahren und sie selber zu jener Zeit: fröhlich, jugendlich, noch nicht verbraucht von der Last des Alltagslebens. Sie war noch keine dreißig, hatte keine Kinder, sie waren frei. Der andere Mann hat ihn ersetzt oder wird ihn ersetzen, er wird ihr die schwindelerregenden Gefühle einer Leidenschaft bieten, die er vielleicht nicht empfindet, deren Ufer sie jedoch dank seiner wieder entdeckt. Wie kann er ihr ihre Sehnsucht, dort anzulegen, vorwerfen?
Er weiß, er sollte so etwas wie ihr bester Freund werden: aufmerksam, liebenswürdig, ruhig. Er könnte es werden, wenn sie die Gefahr kennen würde und ihren Wunsch zu bleiben äußerte. Doch er stößt immer wieder auf dasselbe »Ich weiß nicht«. Und der Gefahr ausgesetzt, glaubt er zu wissen: Sie wird gehen. Heute glaubt er es. Doch um es zu tun, ist es für sie nötig, daß die Frucht reif ist. Und sie ist es nicht. Er kann nicht handeln, denn er ist ja nicht die Frucht, und der andere auch nicht, aus demselben Grund. Die Frucht fällt immer von allein.
Die erste Zeit ihres gemeinsamen Lebens kommt ihm vor wie ein Traum. Seitdem haben sie sich in der Definition der Fehler und Vorzüge verschlossen, die sie am anderen zu erkennen glauben, und sie sind erstarrt in jenem Netz, das nur aus dem Blick des anderen besteht. Das Paar erscheint endgültig fixiert. Die Traumbilder von damals, dank derer die Verführung gelang, verändern sich allmählich, wenn sie nicht ganz verschwinden, und werden zu einem perfekt gewobenen Strang, in dem die Ge-

samtheit der Abszissen und Koordinaten ihrer Charaktere Platz findet. Man entdeckt nichts mehr, sondern erkennt wieder. Man ist gerührt, wird aber nicht mehr erobert. Heftige Eroberungen siegen immer, und sei es auch nur für kurze Zeit, über den Ablauf von Zärtlichkeiten. So entsteht die Verwirrung der Leidenschaften. So verlieren die, die sich anbeten, gegenüber denen, die sich lieben. Daß sie sich anbeten, weiß er. Doch lieben sie sich noch? Sie haben offenbar jenen Zustand der Gnade verloren, den der andere Mann im Lauf der Tage entdeckt, während er sich davon entfernt hat. Sie gehen auf einem entgegengesetzten Weg, auf dem sich in der Mitte der Raum des Verliebtseins befindet.

Er hat Schritt für Schritt, und ziemlich schnell, gesehen, wie sie sich mit dem vernünftigen Gewand der verheirateten Frau herausputzte. Er hat oft gedacht, daß dies schon ihr Wunsch war, als sie sich kennenlernten. Übrigens hat sie dies nie verheimlicht. Sie wollte einen Mann und zwei Kinder. Er selber hatte genug von den täglichen Festen voller Erotik und Alkohol. Sie sind einander in die Arme gefallen, nicht nur, weil sie sich liebten, sondern auch weil sie liebten, was sie zusammen aufbauen konnten. Eine Familie. Jetzt, da sie sie haben, kommt sie ihnen sehr schwer vor. Das ist allein sein Fehler. Er schreibt nicht neununddreißig Stunden in der Woche, an fünf von sieben Tagen, elf Monate im Jahr. Er schreibt ständig, für sich selber oder für seine drei Lieben. Seit der Geburt des Großen empfindet er eine Angst, die manchmal in Panik umschlägt: daß sein Werkzeug versagen könnte, also sein Kopf oder sein Körper, was auf das gleiche hinausliefe. Also nutzt er das, was er hat, und arbeitet. Dabei ist diese Zeit, die ihm vorbehalten ist, wie eine Zuflucht geworden. Er hat sich darin, nicht ohne ein gewisses Vergnügen, eingeschlossen. Und da sie es ihm nicht vorwarf, hat er niemals gedacht, daß sie wirklich leiden könnte. Wenn er es noch einmal machen könnte, so würde er nicht mehr so handeln.

Er möchte ihr eine Reise vorschlagen, läßt es jedoch und denkt: Es ist nicht die Zeit dafür. Er sagt nur: »In diesem Sommer könnten wir mit den Kindern zwei Monate in die USA reisen.« Sie antwortet nicht. Doch sie spricht von den Weihnachtsferien (in einem Monat) oder von den Osterferien. Sie plant mittelfristig, was eine langfristige Planung nicht aufwiegt, jedoch bei weitem eine kurzfristige. Er atmet mittelfristig.

Der Große hat sich mit seiner Mutter gestritten. Sie verläßt das Zimmer, in dem er sich aufhält. Das Kind läuft zu seinem Vater. Er weint: »Maman wird mich verlassen. Was kann ich tun, damit sie zurückkommt?«

Er nimmt ihn in die Arme, beruhigt ihn und denkt daran, daß der Tag, an dem sie gehen wird (wenn sie geht), völlig, absolut, schrecklich grausam sein wird. Er wird um des Jungens willen stark sein.

Der Kleine ist zu klein, um zu verstehen. Und er weiß, daß, wenn sie auseinandergehen, er ihn nicht behalten wird: Ein siebenmonatiges Baby bleibt bei seiner Mutter.

Das gleiche gilt nicht für den Großen. Der Große braucht den einen so sehr wie die andere. Er könnte es sich nicht vorstellen, ihn mit seiner Mutter fortgehen zu sehen, nur weil sie seine Mutter ist. Was die Kinder betrifft, so haben die Frauen von den Männern so viel verlangt, und die Männer haben den Kindern so viel gegeben, daß er sich eine Umkehrung der Verhältnisse nicht mehr vorstellen kann, daß sie sich zum Beispiel wie die Mütter früherer Zeiten verhielte, die verlangten, daß ihre Nachkommenschaft in ihrer Obhut blieb. Sie weiß sehr gut, was er getan hat. Sie weiß, wieviel ihm daran liegt. Sie wird diese Beziehung nicht zerstören.

Das sagt er sich. So beruhigt er sich.

Er ist wütend auf sie, wenn sie nackt vor ihm umherspaziert, sich vor ihm anzieht, vor ihm so schön ist. Gleichzeitig ist es gut, daß sie nicht die Tür des Badezimmers verschließt, daß sie vor sei-

nen Augen ihre Gymnastik macht, daß sie ihm nicht ganz die Intimität entzieht, die sie ihm so lange geboten hat.
Sie hat ihn angerufen.
Er hat sie gefragt: a) Möchtest du lieber, daß ich dich liebe? b) Möchtest du lieber, daß ich dich nicht liebe?
Sie hat geantwortet b. a.
Ich weiß nicht, ich weiß nicht, ich weiß nicht. Immer wieder und wieder. Wie lange noch?
Er lag auf dem Sofa in seinem Büro, als das Telefon erneut geklingelt hat. Es war V. Sie hatten seit einigen Wochen nicht mehr miteinander geredet. Das letzt Mal hatten sie die letzten technischen Einzelheiten über die Veröffentlichung eines Buches besprochen, das sie gemeinsam schreiben.
Kaum hatte er die Zeit, zwei Sätze herauszubringen, als V. sagte: »Was ist denn los? Ich erkenne an deiner Stimme, daß es dir nicht gutgeht.«
Er hat alles erzählt. V. hat ihm vorgeschlagen, sofort zu ihm in sein Haus im Bordelais zu kommen. Er hat abgelehnt. Er hat gesagt, er müsse kämpfen, und um das zu tun, dürfe er das Feld nicht räumen.
»Versprich mir, zu kommen, wenn du es nötig hast.«
»Ich verspreche es dir.«
Er war froh. Er mag V.
Am nächsten Tag war der Kleine krank. Er hat den ganzen Tag auf ihn aufgepaßt. Am Nachmittag ist das Fieber gestiegen. Er hat beschlossen, das Kind zum Arzt zu bringen. Er hat mit seiner Frau telefoniert, um sie zu fragen, wo sich das Familienbuch befände. Sie hat eine Zeitlang nichts gesagt, bevor sie antwortete: »In der Schublade meines Nachtkästchens.«
Er hat die Schublade geöffnet. Obenauf lagen, offen und auseinandergefaltet, zwei Briefe: der erste von ihm selber, der zweite von dem anderen. Ohne zu zögern, hat er ihn gelesen.
Er hat sie nach dem Arztbesuch wieder angerufen. An ihrer

Stimme und ihrem Schweigen hat er erkannt, daß sie verlegen war, da sie natürlich wußte, daß er ihre Briefe entdeckt hatte.
Er hat ihr gesagt: »Du könntest es vermeiden, unsere Korrespondenz zusammen aufzubewahren.«
Sie hat gelacht, und er auch.
Sie haben bei R. und S. zu Abend gegessen, enge Freunde, die einzigen, die sie noch regelmäßig sehen, denn sie wissen alles, und sie selber waren dabei, so nahe wie möglich, als sie von zwei dramatischen Ereignissen getroffen wurden. Zwischen ihnen vier herrscht eine solche Vertrautheit, daß sie in Streitfällen die anderen nicht mit Samthandschuhen anfassen. Oft endet das in Catchausbrüchen zu viert, bei denen die Frauen die Männer anbrüllen und umgekehrt, je nach den Umständen und dem Kummer, der sich angesammelt hat. Die Kämpfe enden im allgemeinen in guter Laune.
An diesem Abend wurde alles mit dem Florett ausgetragen. Die Frauen im Wohnzimmer und die Männer in der Küche (oft ist es umgekehrt) redeten in beiden Fällen über das gleiche: ihre Beziehung. R. sagte zu ihm: »Denk an dich. Denk zuerst an dich.«
»Ich, das sind wir. An mich zu denken heißt an sie zu denken.«
»Sie muß wählen.«
»Sie kann es nicht.«
»Dann muß sie ihre Geschichte ausleben. Hindere sie nicht daran.«
»Aber ich hindere sie ja gar nicht daran!« hat er ausgerufen. »Soll sie machen, was sie will, doch sie muß es *machen!*« Er war am Ende. Als sie wieder ins Wohnzimmer kamen, herrschte einen Moment Schweigen. Dann haben sie über Politik geredet.
Sie wird bleiben! Warum hätte sie ihm sonst T-Shirts gekauft?
Der Umschwung hat nicht auf sich warten lassen. Der Anfang des Wochenendes war furchtbar. Kein Wort, keine Geste. Eine schreckliche Spannung. Er hat die Lexomildosis verdoppelt. Sie saßen in ihren Sesseln, während die Kinder spielten. Von Zeit zu

Zeit warf er einen Blick in ihre Richtung. Er wußte, daß sie an den anderen Mann dachte. Doch er bemerkte, daß sie es auf andere Weise tat. Sie war weniger selig als am Anfang, als alle Fasern ihres Gesichtes einem Bild zulächelten. Ihre geistigen Abwesenheiten wirkten überlegter. Er hat, als Optimist, daraus geschlossen, daß die Leidenschaft sich abstumpfte, als Pessimist, daß sie sich regelte.
Sie hat sich ins Schlafzimmer zurückgezogen. Er ist zu ihr gegangen. Sie las. Er hat den Kopf auf ihren Bauch gelegt und gefragt:
»Stört es dich, wenn ich meinen Kopf auf deinen Bauch lege?«
»Ja. Das hindert mich am Lesen.«
»Dann lies doch nicht.«
»Am Wochenende ist der einzige Moment …«
»Es ist auch der einzige Moment, an dem wir zusammen sind!«
Empört ist er aufgestanden. Sie hat wieder ihr Buch genommen.
»Willst du, daß ich gehe?«
Sie hat den Kopf geschüttelt, ohne den Blick von der Seite zu heben. Er hat das Zimmer verlassen und sich beschämt gefragt, ob er sie später für diesen Schmerz zahlen lassen würde, sollten sie zusammenbleiben. Er glaubte es nicht. Aber immerhin hat er sich die Frage gestellt …
Sie haben allein zu Abend gegessen, saßen sich gegenüber, ohne miteinander zu sprechen. Sie trank eine halbe Flasche Bordeaux. Und er eine ganze. Um neun Uhr ist sie schlafen gegangen. Er ist zu ihrer gemeinsamen Freundin im dritten Stock gegangen, die alleine lebt, seit ihr Mann sie verlassen hat. Er hat geredet, sie hat zugehört, sie haben Whisky getrunken. Sie hat ihn beruhigt und gesagt, daß, selbst wenn sie sich trennten, sein Leben deshalb nicht verpfuscht wäre. Wie so viele Freunde hat sie sich in seine Lage hineinversetzt, hat ihn daran erinnert, wie vernichtet sie im vergangenen Jahr gewesen sei, als ihr Mann fortging. Sie hat sich sehr schnell erholt. Sie hat ein neues Leben entdeckt.

Sie ist frei, sie ist glücklich.
Mit Hilfe des Alkohols ist es ihm gelungen, sich das Leben vorzustellen, das er führen würde, wenn er allein wäre. Es kam ihm nicht besonders schrecklich vor. Er hat sogar ein paar Vorteile entdeckt. Zum Beispiel könnte er dann seine Freundin aus dem dritten Stock anmachen. Und die aus dem vierten, fünften, sechsten und siebten Himmel auch. Er würde wieder das Leben eines jungen Mannes führen, weniger arbeiten, er wäre leicht wie ein Eiswürfel. All das paßte ihm sehr.
Er ist um zwei Uhr morgens bei seiner Freundin aufgebrochen. Er hat sie auf den Mund geküßt und ihr für später alles Herrliche versprochen. Als er nach Hause kam, zwei Stockwerke tiefer, kam ihm die Tür sehr schwer vor. Er ist auf das Bett gefallen, ohne auch nur auf die andere Seite zu schauen.
Als sie ihn am anderen Morgen weckte, sagte sie, sie habe das Gefühl gehabt, in einem Weinkeller zu schlafen.

Er und sie sind zu einem Essen bei seinem Verleger eingeladen, um die Veröffentlichung des Buches zu feiern, das er mit V. schreibt. Alle beide sind die Helden eines Festes, das ihn nichts angeht. Er bemüht sich, so zu tun als ob. Es gelingt ihm nur schlecht.
Sie sitzt an einem Tisch, der von seinem weit entfernt ist. Manchmal treffen sich ihre Blicke. Sie lächelt ihm zu, wirkt bewundernswert komplizenhaft. Er denkt, daß sie später, wenn sie sich trennen, vielleicht so eine Beziehung haben werden: voller Zuneigung und Solidarität. Es ist ihm egal. Er will nur mit ihr schlafen.
Als V. von dem Buch erzählt, hört sie ihm aufmerksam zu. Als er an der Reihe ist, schaut sie anderswo hin.
Er redet mit einer seiner guten Freundinnen, die früher seine Geliebte war. Sie sagt zu ihm: »Deine Frau droht dir mit einem Abenteuer mit einem anderen. Na und?«

Er antwortet, daß er immer den Pakt respektiert hat, den sie selber begründete: nichts zu wissen. Und daß er jedenfalls niemals ihre Beziehung in Gefahr gebracht hätte.
»Warum?«
»Ich wollte meine Frau nicht verlassen.«
»Du hättest es getan, wenn du verliebt gewesen wärst?«
»Deshalb habe ich mir verboten, es zu sein.«
An diesem Abend sagt sie – es ist ein seltsamer Zufall – zu ihm: »Ich habe immer gedacht, daß, wenn wir uns trennen würden, es von dir ausginge. Ich wußte, daß du gehen könntest, doch ich wußte auch, daß du mich nicht verlassen würdest, daß ich immer auf dich zählen könnte. Ich habe immer absolutes Vertrauen zu dir gehabt.«
Er zieht eine Grimasse. »Ich möchte das gleiche sagen können.«
Sie folgert: »Wenn man zusammen Kinder hat, geht man niemals auseinander.«
Sie hat recht: Man lebt nicht mehr zusammen, man schläft nicht mehr zusammen, man ruft sich einmal in der Woche an und man sieht sich einmal im Monat, doch man geht nicht ganz auseinander. Vereint wie die Finger einer verkrüppelten Hand. Ellbogen an Ellbogen in einem unsichtbaren Raum. Nur wer geht, kann so reden. Damit beruhigt man sich, wenn man nur ein wenig, aber nicht ganz verschwinden will, das heißt sich distanzieren will, ohne alle Brücken abzubrechen, eine Methode wie jede andere auch, niemals das andere Ufer aus dem Auge zu verlieren. Jedem seine Ängste. Hier will man alles und da nur die Hälfte. Die einzige Waffe desjenigen, der alles will, besteht darin, die Angst dessen zu verstärken, der geht, indem er zum Beispiel sagt: »Ich werde nichts mehr nehmen, ich werde dich nicht mehr sehen.« Doch er wendet sie nicht an. Er hat noch nie mit Erpressung gearbeitet.
Sie essen zu Abend bei Freunden. Er erzählt über die Dreharbeiten zu einem Film, von dem er noch nicht weiß, ob er das Dreh-

buch und die Dialoge akzeptieren wird, so sehr hat man seine Arbeit verfälscht. Er berichtet, daß er nach der Rückkehr aus den Ferien ganz plötzlich eine Nachtszene hat unterbrechen lassen, die an der Place de la Concorde gedreht wurde, weil die Dialoge grauenvoll waren, die man den Schauspielern in den Mund gelegt hatte.

Seine Frau sitzt ihm gegenüber. Sie unterstützt ihn und erzählt ihrerseits von dem ständigen Hin und Her im Juli und August, das er erdulden mußte, um zu versuchen, daß sein schöpferischer Standpunkt respektiert wurde. Sie schließt so: »Sie haben uns die Ferien verdorben.« Dieses »uns« läßt ihn denken, daß er die Partie gewinnen kann. Er beschließt, seinen Einsatz zu wagen.

Sie verlassen das Haus ihrer Freunde um ein Uhr morgens. Auf der Straße nimmt sie seinen Arm. Er sagt: »Du wirst schon sehen, was ich für dich in petto habe, wenn wir zu Hause sind.« Sie schmiegt sich an ihn. Er jubiliert. Während er fährt, vergewissert er sich, daß er sich nicht über das Kräfteverhältnis getäuscht hat. Er nimmt ihre Hand; sie überläßt sie ihm.

Er stellt das Auto auf dem Parkplatz ab und geht zu Fuß in die Wohnung hinauf. Sie geht an seiner Seite, schiebt ihren Arm unter seinen. Er wird gewinnen. Er ist sicher, daß er gewinnen wird.

Ungeduldig wartet er darauf, daß das junge Mädchen, das auf die Kinder aufpaßt, geht. Als sie allein sind, schließt er die Wohnzimmertür, setzt sich und bittet sie, dasselbe zu tun. Sofort beginnt er mit der Partie. E2-E4: »Einmal, am Anfang hast du mir gesagt, daß, wenn ich dich darum bitten würde, das Haus zu verlassen, du es sofort tätest. Jetzt will ich, daß du dich entscheidest. Bleib oder geh.«

Sie hält sich sehr gerade, sieht ihn nicht an. Eine plötzliche Blässe überflutet ihr Gesicht. Zum erstenmal zwingt er sie, sich zu entscheiden. Und da sie kein Wort sag, zieht er sich zurück, enttäuscht, aber nicht geschlagen: »Ich verlange nichts, und vor

allem nicht, daß du auf den anderen Mann verzichtest. Doch ich kann mit dieser Unsicherheit nicht mehr leben.«
Sie sagt: »Ich verstehe dich.«
Er stärkt seine Flanke. »Wenn du es willst, geh und lebe deine Geschichte aus. Ich werde hier bei den Kindern bleiben, solange es nötig ist.«
Er wartet, seinen Blick auf ihr Gesicht geheftet. Es dauert ein Jahrhundert, bis er sie sagen hört: »Ich werde nicht gehen.«
Er glaubt gewonnen zu haben. Er läßt sich nach hinten fallen, dann setzt er den Bauern in der Mitte ein Feld vor: »Ich bitte dich ja nur darum, es zu versuchen. Sag, daß du dableibst, und hören wir auf, mit der Drohung deines Weggehens zu leben.«
Sie wendet sich ihm zu. Sie setzt ein mechanisches Lächeln auf, und er weiß, daß alles verloren ist. Sie sagt: »Ich weiß nicht, ich weiß es immer noch nicht. Wenn du mich dazu zwingst, mich zu entscheiden, werde ich gehen.«
Schach dem König.
Er setzt sich auf: »Wann?«
»Wenn ich eine Lösung für die Kinder gefunden habe.«
Matt.
Er erstickt an seiner Wut. »Du wählst die bequemste Lösung! Du hattest mir versprochen, sofort zu gehen!«
»Nicht unter diesen Bedingungen.«
Sie geht und schlägt die Tür hinter sich zu. Er folgt ihr in den Flur, dann ins Bad. Zum erstenmal kämpfen sie von Angesicht zu Angesicht, ohne Eleganz, losgelassen. Die ganze Energie, die auf beiden Seiten seit Wochen zurückgehalten wurde, schmilzt unter der Heftigkeit der Glut. Sie ist hart, unnachgiebig, von einer unerhörten Gemeinheit. Und er genauso, wütend durch die Niederlage, mitten ins Herz getroffen, rasend gemacht durch dieses Warten, das sie ihm umsonst auferlegt hat. Die Deiche brechen. Ihm sind die Strategien egal, er läßt sich den düstersten Abhang ihrer alten Szenen hinabgleiten, und sie schließt

sich ihm an, starr, verschlossen, böse. Egal, was sie sagen. Es zählt nur noch, wie sie es sagen. Die Verwüstungen entsprechen der Kraft der Explosion, die eine Fäulnis verrät, unvergessenen Groll, das Überleben einer Sprache, in der Verachtung und Haß schnell die Oberhand gewinnen über die Geduld, die im Laufe der letzten Wochen angesammelt wurde. Er kann nicht mehr. Sie wußte sehr wohl, daß er nicht lange widerstehen würde. Befreit von den Bindungen, die sie fesselten, liefern sie sich einen Kampf ohne Gnade und Würde. Alles ist völlig natürlich, die Schläge, die sie sich mit ziellosen Argumenten versetzen, wobei sie Worte aussprechen, deren Sinn sie in diesem Augenblick ihres Streits nicht kennen; sie wollen nur so tief wie möglich verletzen. Ein Blitzkrieg ohne jede Strategie.

Der Ausbruch dauert weniger als fünf Minuten. Als sie sich beruhigen, ist das Glas mit Sternen übersät. Sie könnten es noch vollkommener zerstören, doch keiner von ihnen hat den Mut zum letzten Schlag.

Sie geht ins Bett, nachdem sie den Kleinen im Wohnzimmer schlafengelegt hat. Er schleppt eine Matratze ins Kinderzimmer. Der Große ist aufgewacht. Er fragt, was los ist. Und er, obwohl er weiß, daß er es vielleicht nicht tun sollte oder zumindest nicht jetzt und unter diesen Umständen, erklärt, daß Papa und Mama sich nicht mehr verstehen. Das Kind steht aufrecht im Bett, die Haare zerwühlt. Es fragt: »Heißt das Scheiderei?«

Sein Vater nimmt ihn in den Arm. »Woher kennst du das Wort?«

»Aus der Schule.«

»Nein, es heißt nicht Scheiderei.«

»Doch, es heißt Scheiderei. Ich weiß, daß es die Scheiderei ist.« Er legt sich wieder hin. Sein Vater bleibt noch länger bei ihm, streicht ihm übers Haar, ohne zu sprechen. Und das Kind schläft ein. Der Vater verflucht sich, weil er sich nicht beherrschen konnte. Er verflucht sich, und er verflucht sie. Fünf Minuten ha-

ben ihnen genügt, um zu vergessen, daß sie Kinder haben. Fünf Minuten, in denen sie sich alle Geschosse ins Gesicht geworfen haben, die sie zur Hand hatten, ohne daran zu denken, daß hinter der Nachbartür ihre zwei Söhne schliefen, acht Monate und fünf Jahre alt. Er schämt sich. Sowohl für sich als auch für sie.
Er verläßt das Zimmer und geht in seines. Er legt sich neben seine Frau. Er sieht sie nicht an. Er starrt die Leuchtziffern des Weckers an. Die Wut ist verraucht. Schon fragt er sich, was er am nächsten Tag machen soll, um das Glas zu reparieren.
Später hört er ein Schluchzen im Kinderzimmer. Er geht hinüber. Der Große weint leise, vergraben in sein Kissen. Er nimmt ihn in den Arm und drückt ihn auf der Matratze an sich, die er für sich selber hergebracht hat. Er umarmt ihn und sagt: »Schlaf, mein Schatz, schlaf.«
Die Tür geht auf. Es ist die Mutter. Sie hat nicht verstanden. Sie kommt auf sie zu und wirft ihm, da sie es mißversteht, hin: »Spiel bloß nicht dieses Spiel mit ihm!«
Er steht auf und geht. Fünf Minuten später ist sie immer noch nicht zurück. Er stößt die Tür des Zimmers auf. Die Mutter hat seinen Platz neben ihrem Sohn auf der Matratze eingenommen. Das Bild ist ihm unerträglich. Nicht sie, sie, die das alles angerichtet hat, sie, die bereit ist, alles kaputtzumachen, nicht sie soll seine Jungen über den Kummer hinwegtrösten, den sie ihnen zufügt. Nein, nicht sie!
Er packt sie am Arm, zwingt sie aufzustehen, und sie gehen zurück in ihr Zimmer. Er sagt: »Vertausch nicht die Rollen!«
In dieser Nacht bleibt er neben dem Großen liegen. Es ist nicht das erste Mal. Doch heute ist nichts mehr wie vorher. Heute, vier Wochen nach dem ersten Geständnis, hat der Kampf um die Kinder begonnen.

Er wollte keine Kinder, sie schon. Er dachte, daß ein Mann der Frau, die er liebt, ein Kind nicht verwehren kann. Sie haben den Großen bekommen. Zwei unauslöschliche Erinnerungen verbinden ihn mit seinem ersten Sohn.

Die Geburt.

Sie haben die Clinique des Lilas aus symbolischen Gründen ausgesucht, die sich mit der Geschichte des Krankenhauses verknüpfen, das in den siebziger Jahren für seine der extremen Linken nahestehenden Praktiken bekannt war – und also auch ihnen nahestand.

Das Kind ist unter schwierigen Bedingungen vor dem errechneten Zeitpunkt geboren worden. Es war ein Federgewicht. Die Geburt hat so lange gedauert, die Mutter hat so viel gelitten, daß der Vater dramatische Komplikationen befürchtete. Außerdem sah er, was sie nicht gesehen hatte: die Aufregung des Operationsteams, die Art, wie man das Neugeborene, das ganz blau war, in einen Nachbarraum trug, wie man es geschlagen hat, um seinen ersten Schrei zu hören, die Telefonanrufe, um einen Krankenwagen zu holen.

Zwei Stunden später wurde der Große in einen Brutkasten in einem Krankenhaus im vierzehnten Arrondissement gelegt. Jeden Tag ist er zu ihm gegangen. Dann, als sie die Klinik verlassen hatte, hat die Mutter ihn begleitet. Nach einem Monat war das Baby bei ihnen. Seine Mutter hat wieder angefangen zu arbeiten. Er hat sich ein Vierteljahr allein um das Kind gekümmert, tagsüber. Dann hat er es drei Jahre lang am Nachmittag in der Krippe abgeholt. Er hat auf das Kind aufgepaßt. Er stellte sein Bettchen neben den Schreibtisch und arbeitete, während er die Wiege mit dem Fuß schaukelte. Das Baby war sehr zart. Er sah es ständig an. Er hatte Angst, es könnte frieren, schwitzen, Hunger, Durst haben. Die Mutter teilte seine Ängste bis auf eine: Sie glaubte nicht, daß ihm etwas Schlimmes zustoßen könnte. Er ja. Er dachte immer, daß sein Sohn bei der Geburt hätte sterben können. Weil er die Aufregung der Hebamme und die Eile des Gynäkologen gesehen hat, die Hast, mit der man ihn weggetragen hat – und aus allen anderen Gründen, seien sie nun objektiv oder nicht, die eine instinktive Angst begründet haben, dem Kind könne es schlechtgehen, und die sein zukünftiges Verhalten bewirkten: Er war seitdem von einer ausufernden Vorsicht, voller Angst um das Kind, mütterlich in vieler Hinsicht und sehr selten autoritär.

Ein andermal – der Große war zwei Jahre alt – bekam er einen Anruf aus der Krippe. Sein Sohn sei krank, er solle ihn sofort abholen.

Er ist hingegangen. Das Kind hatte eine Beule an der Stirn. Man fragte, wo es sich die zugezogen habe, und er antwortete: Ich weiß es nicht. Man wollte wissen, wie es passiert sei, und er ist nach Hause zurückgekehrt, um seine Frau anzurufen. Gerade als er ankam, hat er noch einen Anruf aus der Krippe bekommen. Sein Kind sei im Koma, man warte auf die Ambulanz. Koma: Sie hatten wirklich Koma gesagt. Koma.

Er ist in die Krippe gerannt und hat seinen Sohn gesehen, mit verdrehten Augen, bewußtlos. Er hat nicht gewagt, ihn zu berühren. Er folgte den Sanitätern, stieg in die Ambulanz, und während des ganzen Weges zwischen dem Jardin des Plantes und dem Krankenhaus Saint-Vincent-de-Paul, bei heulender Sirene, hat er mit den Zähnen geklappert, als er den kleinen zweijährigen Kerl sah, der ganz bleich war und nicht einmal wußte, daß die Hand, die seine drückte, daß die Stimme, die er hörte, zu seinem Vater gehörten.

Diese beiden Augenblicke – die Geburt und das Koma – hat er allein mit seinem Sohn erlebt, und niemand wird je für ihn sprechen können, erklären können, was er in diesen beiden dramatischen Momenten gespürt hat, als er vor dem regungslosen und bleichen Schatten des Verschwindens stand und im Wagen brüllte: Ich muß doch sterben, nicht er! Und keiner weiß auch besser als er, in welchem Maße die Liebe, die er für den Großen empfindet, ihre erste Begründung in diesen beiden Momenten findet, und warum er ihn so gerne berührt, und warum er ihn so gerne umarmt, und warum er ihm immer zuhört, wenn er sich beklagt, weil es ihm schlechtgeht, und warum er eines Abends zu seiner Frau sagen wird: Wenn du ihn mir nimmst, bringe ich dich um.

Er hatte Angst vor einem zweiten Kind. Das Trio Mutter-Vater-Kind stellte ihn durch seinen einfachen Zusammenhang zufrieden, durch die Ausschließlichkeit der Beziehung, die er zu seinem Sohn unterhielt. Das Quartett erschreckte ihn. Zu dritt ist die Beweglichkeit die gleiche wie zu zweit. Zu viert lädt man sich die Last einer echten Familie auf. Man braucht Disziplin, Strenge, ein System. Er konnte sich nur schwer vorstellen, diese Rolle zu übernehmen. Er war noch nicht reif. Er wollte lieber warten.

Er dachte auch, daß er noch nicht in der Lage war, einem zweiten Kind die Energie zu widmen, die er dem ersten geschenkt hatte. Die Leidenschaft, die er für den Großen empfand, wurzelte sehr tief. Er sah in ihm seinen Sohn und denjenigen seiner Romanfiguren (selbst wenn das Kind sich, als es größer wurde, von den tragischen Schatten entfernte, die in seinen Büchern lebten), und dies sowohl wegen der zwei durchlebten Dramen als auch weil der Große, als er noch klein war, immer sehr tief einatmete und dann wieder ausatmete, als wolle er eine Verzweiflung austreiben, die wahrscheinlich gar nicht in ihm wohnte.

Zu seinem ersten Kind unterhielt er eine besondere, weil intime und ausschließliche Beziehung. Ausschließlichkeit läßt sich nicht teilen. Er wußte, er würde für das zweite genausoviel Liebe empfinden, wußte aber nicht, wie sich diese Liebe darstellen würde. Vereinfachend sagte er: Ich werde niemals ein anderes Kind so lieben, wie ich dieses hier geliebt habe. »Wie« bezog sich auf die Art, also auf die Form, nicht auf die Qualität, also die Tiefe.

Die Mutter wußte das alles. Doch sie wollte ein zweites Kind. Koste es was es wolle und was dann auch geschah. Er wußte, daß, wenn er sich verweigerte, sie auseinandergehen würden. Und das wollte er nicht. Also willigte er ein, nicht länger zu warten.

Der Kleine ist da, und er liebt ihn. Er liebt ihn leidenschaftlich. Er sieht ihn wachsen, er sieht, wie er sich bewegt, er hört seinen Blähungen zu, er wiegt ihn, er erfindet Lieder für ihn. Er hat mit seinem kleinen Sohn eine Sprache entdeckt. Ihm liegt besonders viel daran. Er wagt sich nicht vorzustellen, daß er auch von ihm getrennt werden könnte. Er denkt: Mit einem Kind zu leben, heißt nicht, es jedes Wochenende zu Besuch zu haben und in den großen Ferien. Wut packt ihn, wenn er daran denkt, daß sie vielleicht den Kleinen mitnehmen wird, bevor er *Papa* sagen kann. Oder, schlimmer noch, daß er zu einem anderen *Papa* sagen wird. Daß sein Kind ihn vielleicht vergessen wird.

Am zwanzigsten Tag, verrückt vor Unruhe um seine Kinder und sich selber, hat er einen befreundeten Psychiater kommen lassen, dem er alles erzählt hat. Er hatte das Gefühl, mit dem Kopf gegen Wände anzurennen, und suchte nach einer nachgiebigen Wand, wo er sich ein wenig ausruhen konnte. Er wollte eine *wissenschaftliche* Meinung, die ihn von den Unsicherheiten befreite. Die Annahme war dumm.

Der Psychiater hat nichts geäußert, was er nicht schon gewußt hätte. Doch es war ein Psychiater. Seine Worte haben ihm ein wenig Kraft verliehen, die zwei oder drei Stunden lang den Schraubstock etwas lockerte.

Er hat gesagt: »Ihr hat es in ihrem Leben an Männern gefehlt, die ihr die Stirn geboten haben. Das erwartet sie von dir: daß du nicht zurückweichst, daß du sie nicht verläßt. Sie provoziert dich. Diese ganze Geschichte besteht aus Provokationen. Leiste Widerstand!«

Wie soll er das anstellen?

Sie reden nun von einer möglichen Trennung. Doch die Frage der Kinder gehen sie nicht direkt an, obwohl er ständig daran denkt und sie wahrscheinlich auch, zweifellos mit genausoviel Schmerz.

Er geht nicht mehr auf seinen Speicher. Er schützt sein Revier, indem er Tag für Tag zu Hause bleibt, so nahe wie möglich bei den Jungen, die *seine* sind.

Er hat sie darum gebeten, zartfühlend mit ihm umzugehen, solange sie zusammenbleiben, und ihn zweimal am Tag anzurufen, wie sie es früher getan hat.

Wenn sie nicht anruft, hört er den Anrufbeantworter in ihrem Büro ab, um ihre Stimme zu hören. Er weiß, daß sich die Situation vielleicht hinziehen wird, daß aber sein einziger Verbündeter die Zeit bleibt.

Er möchte Zeit mit einer anderen Frau verbringen, die ihn trösten könnte, er weiß, welche, doch er geht nicht zu ihr.

Was ihm am meisten weh tut: daß sie seine Hand auf ihrem Körper abwehrt. Er berührt sie trotzdem und weiß, daß, wenn ihm soviel daran liegt, mit ihr zu schlafen, das daherkommt, weil er sie nur so in seinen Armen halten und fest an sich pressen kann.

Er fragt sich, was er täte, oder vielmehr, ob er überhaupt noch etwas täte, wenn sie eine Nacht mit dem anderen Mann verbrächte.

Diese Nacht ist nun gekommen. Es war die einunddreißigste Nacht, nachdem sie mit ihm gesprochen hatte. Die einunddreißigste Nacht.
Sie haben den Samstag zusammen verbracht, versuchten ohne viel Erfolg, die Spannung zwischen ihnen zu überspielen. Sie warf ihm vor, nicht auf seinen Speicher zu gehen. Er erklärte ihr sein Bedürfnis, hier zu sein, im Schoß der Familie, und die Unmöglichkeit für ihn, auch nur eine Zeile zu schreiben.
»Früher hast du deine Wochenenden im Büro verbracht«, hat sie gesagt.
»Nicht die Wochenenden. Nur einen Teil davon.«
Sie hat protestiert, er hat sich verteidigt, es hat lange gedauert. Er hat mit folgenden Worten geschlossen: »Früher, das war früher. Die Situation hat sich verändert.«
Und so weiter, den ganzen Tag. Am Abend, nachdem die Kinder im Bett waren, saßen sie sich wieder gegenüber und hatten sich nichts oder nicht allzuviel zu sagen. Sie hat sich fürsorglich und nett gezeigt: »Du solltest ausgehen. Das würde dich auf andere Gedanken bringen.«
Er ist zu seinem Agenten gegangen, der mit einer Drehbuchautorin zusammenlebt. Zwei Freunde.
Sie haben einen Teil des Abends damit verbracht, mit ihrem Kind zu spielen, das den gleichen Namen hat wie sein Jüngster. Das Herz schnürte sich ihm zusammen, als er sah, wie der Junge aus den Armen seines Vaters in die seiner Mutter hüpfte. Diese Traurigkeit, die für ihn neu war, wird er jedesmal wieder empfinden, wenn er bei solchen Szenen anwesend ist, eingesponnen im Netz einer einigen Familie, ein Kind und seine Mutter. Dabei wird er sich daran gewöhnen müssen …
Seine Freunde und er haben davon gesprochen, was er machen

könnte: wieder Geduld, immer wieder Geduld. Dann haben sie eine gute Stunde lang und bei einigen Whiskys darüber diskutiert, was er wohl am besten tun sollte, wenn er zurückkäme: in seinem Zimmer schlafen oder in dem seiner Söhne. Er hatte Lust auf das seiner Söhne. Seine Freunde haben beschlossen: »Also dann schlaf bei ihnen.«

Als er heimkam, begriff er, daß die Frage keine Bedeutung mehr hatte. Sie war nicht da. Das junge Mädchen, das auf die Kinder aufpaßt, schlief auf dem Sofa im Wohnzimmer. Das gemeinsame Schlafzimmer war leer. Es war ein Uhr morgens.

Er hat das Mädchen geweckt, sie bezahlt, dann ist er ins Bett gegangen, nachdem er eine halbe Tablette Lexomil geschluckt hat. Um vier Uhr hat der Kleine geweint. Er hat ihm ein Fläschchen gegeben. Da das Kind nur ausnahmsweise um diese Zeit aufwacht, hat er gedacht: jetzt also.

Er hat sich wieder hingelegt. Er stellte sich keine Frage, er wußte. Er versuchte sich einzureden, daß dies nichts an der Situation änderte, sondern sie nur klarer machte, daß sie sich endlich aus diesem Sumpf lösten, der von Unsicherheiten faulig war. In einem Anfall von nicht geheuchelter Gerechtigkeit sagte er sich, daß er es selber schon getan hatte und daß es vielleicht nicht mehr Bedeutung für sie hätte, als es für ihn einst gehabt hatte. Worin er sich täuschte, das wußte er genau. Denn um fünf Uhr war sie immer noch nicht da, und um sechs Uhr auch nicht.

Er sagte sich: Sie will es mir zeigen, sie zwingt mir die Tatsachen auf; wenn sie mir nichts erspart, dann um mir die äußerste Wichtigkeit der Sache verständlich zu machen, als wolle sie mir nicht den leisesten Hauch von Zweifel, das winzigste friedliche Gebiet mehr lassen.

Um sechs Uhr machte er sich keine Sorgen mehr um sie beide, sondern nur noch um sie. Es gehört nicht zu ihren Gewohnheiten, so weh zu tun, mit solcher Kraft. Es gehört nicht zu ihren Gewohnheiten, weg zu sein, wenn die Kinder aufwachen. Er hat

gedacht: Sie hatte einen Unfall; das Auto ist irgendwo zermalmt worden, man hat sie ins Krankenhaus gebracht, deshalb hat sie sich nicht gemeldet.
Er war verrückt vor Unruhe. Daß sie eine Nacht mit einem anderen Mann hätte verbringen können, zählte nicht mehr. Er dachte nur, daß er diesen Mann hassen würde, wenn seiner Frau etwas zugestoßen wäre. Er würde ihn in seinem eigenen Namen und dem Namen seiner Kinder verfluchen. Er dachte: Unsere Schmerzen wären nicht dieselben. Im Angesicht des Todes hätte der andere das Gewicht eines Abenteuers, ich das Gewicht unserer Erinnerungen.
Er hat beschlossen, noch eine Stunde zu warten und dann in den Krankenhäusern nach ihr zu suchen. Er versuchte sich zu beruhigen, indem er dachte, daß seine Bücher sich immer um den Tod drehen, daß eine Verspätung eine Verletzung ist, eine Abwesenheit ein Sterben, daß er unter allen dramatischen Umständen seine Lebenslinie beachtet, die ihn mit dreißig Jahren für tot erklärt, während er noch immer lebt. Und daß es ihm nie gelungen ist, sich diesem Abgrund zu entziehen, was sie dazu brachte, sich auf nette Weise lustig zu machen: »Du übertreibst! Du nimmst alles gleich tragisch!«
Die Stunde ist vorbei. Sie war immer noch nicht da. Er hat sich ans Fenster gestellt und den Autos aufgelauert. Die Stadt war grau. Es nieselte. Sie kam nicht. Er ist ins Zimmer der Kinder gegangen, hat sich dann wieder ins Bett gelegt und beschlossen, daß acht Uhr die äußerste Grenze wäre. Sie ist um kurz vor acht gekommen. Als sie in den Flur trat, hat er gesagt: »Ich schlafe nicht.«
Sie ist ins Zimmer gekommen. Sie trug Jeans und war nicht geschminkt. Er hat ihr Gesicht betrachtet und darin eine ungeheure Ruhe und dieses Beben der Pupille gesehen, das er sofort erkannt hat, denn es verriet dasselbe leise Glück wie an jenem ersten Tag – als sie es ihm gesagt hatte.

Sie hat sich an den Bettrand gesetzt, und sie, nicht er, sie hat ihn in die Arme genommen, um ihn zu küssen – genauso wie sie es vor einunddreißig Tagen getan hatte. Und er hat sich gehenlassen, er hat sie umarmt. Sie hatte keinen Unfall, und je mehr sie sich hingab, desto mehr sah er sie als sich selber ähnlich, wenn er nach einer anderen zu ihr zurückkam, sie noch mehr liebte, für immer, für immer.

Er war ihr zu nahe, war der Situation zu nahe – Schauspieler und nicht Regisseur –, um sich an seine eigenen Worte zu erinnern: Eine Nacht mit dem anderen, und unsere Geschichte ist zu Ende.

Hätte er sich daran erinnert, hätte er beteuert: Ich habe mich geirrt.

Er hat nicht gefragt, wo sie war. Er hat nur gesagt: »Beim nächstenmal ruf an. Ich habe Angst gehabt.«

Und da sie nicht antwortete, hat er gedrängt: »Du bist verrückt, mich eine ganze Nacht ohne Nachricht zu lassen.«

Da ist sie aufgestanden und hat gesagt, ohne ihn anzusehen: »Du hast recht, ich bin verrückt. Ich bin verrückt vor Verliebtheit in diesen Mann.«

Dann ist sie hinaus zu den Kindern gegangen.

Er hat gerufen: »Du hast *mein* Auto genommen, um dich bumsen zu lassen!«

Er hat keine anderen Worte gefunden, denn sie wären alle dumm gewesen. Er hätte ihr genausogut vorwerfen können, Kleider gewählt zu haben, die er ihr geschenkt hatte, nicht ihre Ringe abgenommen zu haben, von *ihrem* Zuhause aus weggegangen zu sein … Er ertrug es nicht, und es war ganz einfach so, daß sie einen Teil von ihm mitgenommen hatte, um zu … Er ertrug es nicht, daß sie ihn geküßt hatte, nachdem … daß sie zurückgekommen war, daß sie dieselbe Unsicherheit geäußert hatte: Ich liebe den anderen, aber dich auch; ich bin wahnsinnig verliebt, aber ich komme zurück. Er ertrug es nicht, daß sie es getan hatte.

Er ertrug es nicht zu wissen. Sie hatte ihren gemeinsamen Pakt gebrochen.
Er ist aufgestanden. Er ist ins Bad gegangen. Sie ist zu ihm gekommen. Sie hat in seinem Gesicht gesehen, wie zerrissen er war. Wieder hat sie ihn in die Arme genommen. Und ihre Worte waren von ungeheurer Gewalt: »Du mußt nicht traurig sein. Ich bin *noch* da.«
Sie hat ihn getröstet wie ein Kind.
Er ist unter die Dusche gegangen und hat sich angezogen. Als er wieder zu ihr ging, war sie im Schlafzimmer und spielte auf dem Bett mit den beiden Kindern. Sie hat ihn angesehen. Sie erwartete eine Reaktion. Sie wird ihm später sagen, daß sie einen Wutanfall befürchtete. Doch so ging das nicht vor sich. Als er seine Frau und seine zwei Jungen so schön zusammen sah, hat er gerufen: »Was für eine verworrene Lage!«
Und der Anblick dieser verworrenen Lage war ihm unerträglich.
Er nahm eine Tasche, in die er das Manuskript für den Roman steckte, an dem er gerade schrieb. Dann ging er zu seinen Kindern und küßte sie. Küßte sie nur. Sie hat ihn zur Tür gebracht.
»Wohin gehst du?«
»Ich gehe.«
Sie hat nicht versucht, ihn zurückzuhalten. Er hat hinzugefügt und ihr dabei gerade in die Augen geblickt: »Ich danke dir für alles.«
Er hat beim Hinuntergehen vier Stufen auf einmal genommen. Er wollte schnell gehen, um nicht zurückzukommen, damit seine Tat endgültig war.
Auf der Straße hat er sich nicht umgedreht. Er dachte an seinen Vater. An seinen Vater, der sich von seiner Mutter unter genau den gleichen Umständen getrennt hatte. Sein Vater, dem er im Flur des Hauses, das sie im Süden von Paris bewohnten, vor

achtundzwanzig Jahren begegnet war. Er trug einen Koffer in der Hand, und das Kind hatte gefragt: »Papa, wohin fährst du?«
Der Vater hatte geantwortet: »Weit weg.«
»Wann kommst du wieder?«
»Vielleicht nie mehr.«
Deshalb hatte er keinen Koffer genommen, deshalb hatte er seine Jungen nur flüchtig umarmt: damit sie sich nicht an den Augenblick erinnerten, in dem ihr Vater das Haus verlassen hatte. Und er eilte zum Parkplatz, wo das Motorrad wartete, auch um sie nicht am Fenster zu sehen, um nicht selber von diesem Anblick seiner Kinder überwältigt zu werden, der wieder und wieder in seinem Gedächtnis herumwirbelte.

Er ist einige Tage lang hierhin und dorthin gegangen. Er hat bei Freunden übernachtet und sehr oft Gebrauch von seinem besten Freund gemacht: dem Lexomil. Nirgends fühlte er sich wohl. Am Abend nicht, weil er seine Söhne, am Morgen nicht, weil er seine Frau nicht küßte. Und den ganzen Tag nicht, weil er ohne Ziel umherirrte. Straßen, öffentliche Parks, Cafés – alles erinnerte ihn an das, was ihm wie ein lange vergangenes Glück vorkam: Paare, Kinder, das charakteristische Geräusch des ersten Autos, das er ihr geschenkt hatte, die Geste einer Frau, die Farbe eines Mantels ... Es schien ihm, als reduziere sich sein Leben auf eine Reihe von Stichen, die in ihm ein Zusammenzucken bewirkten, wie ein Schuß, vor dem er sich zu schützen versuchte, indem er woanders hinschaute, zum Beispiel in den Himmel, doch das Muster der Wolken erinnerte an das Gekrakel des Großen, und schließlich betrachtete er nur noch seine Latschen oder den Abfluß oder seine Lebenslinie.

Sein Freund R. sagte zu ihm: »Du darfst nicht zurückgehen. Sie muß ihre Geschichte bis zum Ende ausleben. Sie muß wählen.«

Er antwortete: »Wir sollen am Montag abend zu Freunden auf Besuch gehen ...«

Er wiederholte: »Du darfst nicht zurückgehen. Auf keinen Fall.«

Sie aßen zu Abend in einem Restaurant bei Les Halles. R. ging es nicht gut. Er hat versucht, ihm zu helfen. Doch er wußte nicht wie. Und da er es weiter versuchte, hat R. gesagt: »Meine Probleme zählen nicht neben deinen. Bleiben wir bei dir.«

Und immer, immer wieder wird R. so sein. Der beste Freund in dieser Lage und derjenige, der ihn später, zusammen mit V. und M., ermutigen wird, ein Buch aus seinen Notizen zu schreiben. »Weil«, wie er sagen wird, »das nicht nur für dich wichtig ist, sondern auch für uns, die Männer, für die Männer unserer Generation.«

Und falls es ihm gelingen wird, wieder ein Schriftsteller vor einer leeren Seite zu werden, das heißt als ich-du-er-wir-ihr-sie die Figuren eines Romans und dieser Roman ein Projekt mit Form und Tiefe wird, wird er tatsächlich denken, daß er genauso für sich selber schreibt wie für die Männer seiner Generation. Und zum erstenmal in seinem Leben wird er sich mit ihnen solidarisch fühlen, wie man mit einer Gruppe solidarisch ist, so daß er es mit den Frauen nicht mehr ist, die er so sehr hassen wird, wie er sie geliebt hat; wie er sie liebt, weil sie unter gewissen Umständen die Waffen des Stärkeren anzuwenden verstehen, ein Privileg, von dem er glaubte, es sei den dummen Machos vorbehalten, die diese Frauen in den siebziger Jahren so gut und so gerecht bekämpften.

Er wird nicht zurückkehren, um besser zurückzukehren, wenn er denn zurückkehren muß. Er will, daß ihr die Last seiner Abwesenheit klar wird. Und damit es ihr richtig klar wird, oder vielmehr damit sie seinen einzigen Vorzug sieht, darf er keine blutigen Bilder von Eheszenen hinterlassen, die sich bis jetzt nicht vervielfacht haben. Sie muß aus ihrem Gedächtnis die Spannung der vergangenen Wochen streichen, um eine ganz glatte Ebene wiederzufinden, auf der er vielleicht wieder auftauchen wird. Er setzt sich einen Zeitraum: vierzehn Tage.

Er ißt mit einer Freundin zu Mittag im Coupole. Sie erzählen einander von ihrem Liebeskummer. Zwei parallele Fäden, die sich manchmal kreuzen. Nach dem Essen, als sie das Restaurant verlassen, kommt er an einem Tisch vorbei, an dem ein Schriftsteller, den er kennt, und seine ehemalige Frau sitzen. Sie wechseln ein paar nichtssagende Worte, dann geht er ziemlich schnell, denn er fürchtet zu stören: Das Paar hat einen abseits gelegenen Tisch ausgesucht.

Auf der Straße fällt ihm das Bild wieder ein. Ein Mann und eine

Frau, die sich früher geliebt haben und sich als Vertraute in einer Ecke des Restaurants wieder treffen. Und er denkt, daß sie und er miteinander eine ähnliche Harmonie entdecken müssen. Er beginnt zu träumen. Jeder von uns hat sein Leben, wir essen regelmäßig zusammen zu Mittag, wir empfinden füreinander eine tiefe Zärtlichkeit, sie erzählt mir von ihren Tiefpunkten und ich ihr von meinen, wir trösten uns, sie ist meine beste Freundin.

Er stellt sich eine Szene vor, die er ziemlich gut kennt, denn es ist genau die ihrer Mittagessen. Er schließt daraus, daß die Dinge so zu sehen eine Art ist, sie nicht zu verändern oder zumindest das Beste daraus zu machen. Das heißt, sie zu bewahren.

Er läßt im Geiste das Leben *danach* der Paare an sich vorüberziehen, die ihm nahestehen und die sich getrennt haben. Das schlimmste wäre die Situation seiner Eltern, die sich nicht mehr sehen und nur ausnahmsweise telefonieren, wenn ein Kind ein Problem hat. Als er zehn Jahre alt war, setzte sein Vater ihn unten bei seiner Mutter ab – und diese handelte genauso, wenn sie seinen Bruder oder seine Schwester brachte. *Brachte*, denn unter diesen Umständen sind Kinder Pakete, die man hierhin und dorthin schleppt, und die Eltern freundliche Beförderer.

Das will er nicht. Er weiß, daß die Kinder einen gebundenen Vektor darstellen, doch er wünscht sich mehr, denn wenn er sieben Jahre mit dieser Frau gelebt hat, dann weil sie ein *guter* Mensch ist, von einer Rechtschaffenheit, die er immer bewundert hat, ein beachtenswertes Wesen in seinem Leben, von dem er nicht wünscht, daß es weniger wert wird, nur weil sie nicht mehr zusammen schlafen.

Er denkt, daß sie sich nicht nur um die Kinder herum wiederfinden sollen. Als sie sich kennenlernten, waren sie allein, und dieser alte Teil ihrer selbst muß so gut wie möglich überleben. Das Scheitern liegt nicht in ihrer Trennung – falls sie sich trennen.

Die Trennung ist wie eine Kreuzung, von der aus ihre Wege auseinandergehen. Sie sind ein Stück des Weges miteinander gegangen, und nun geht einer von beiden fort. Das *Danach* ist wichtig. Und das *Danach* hängt allein von der Art ab, wie sie sich das letzte Mal begrüßen werden, wenn der endgültige Moment des Bruches da ist. Sie müssen sich im besten Fall mit Zärtlichkeit verabschieden, im schlimmsten mit Eleganz. Dann heißt es: Jeder in seiner Richtung, man läuft sich nicht mehr über den Weg, sondern trifft sich von Zeit zu Zeit, eher aus Vergnügen als aus Zufall; man setzt sich im Restaurant an einen Tisch, in eine Ecke, und vertraut sich Geheimnisse an, die nur sie beide verstehen können, besser noch, als es ein anderer Mann oder eine andere Frau je tun könnte, mit dem oder mit der sie dann zusammenleben. Das Scheitern wird nicht im Bruch liegen, sondern im Scheitern des Bruches. Die Trennung ist der letzte Akt des gemeinsamen Lebens.
Als er das denkt, fühlt er sich sehr stark, fast glücklich, und er möchte zu ihr laufen, um sie an dieser Öffnung teilhaben zu lassen, die er für sie beide vorsieht. Sie werden gleich beginnen, werden in einem Café sitzen, und er wird sogar seine Hand auf ihre legen, und sie wird sie ihm nicht entziehen.
Doch er geht nicht zu ihr. Er geht die Straße entlang, die Augen auf seine Schuhe gerichtet, denn er hat gerade gehört, wie ein Kind nach seiner Mutter rief.
Er weiß auch, daß er, von wenigen Ausnahmen abgesehen, niemals seine ehemaligen Gefährtinnen wiedersieht. Er kennt keine höflichen Abschiede. Entweder ist er zu verlegen und weiß nicht, was er tun oder sagen soll; und wenn er sich von der einen wegen einer anderen trennt, schafft er sich schnell Abstand zwischen dem, was er gerade lebt, und dem, was er gelebt hat, der Gegenwart, die in eine Zukunft mündet, die die Vergangenheit im Staub der Vorvergangenheit ertränkt. Oder aber die Trennungen erscheinen ihm zu schwierig, als daß er daran denken

würde, seinen Schmerz mit Ideen, Trugbildern, einigen Resten zu nähren. Also geht er, fast immer für immer und ewig.
Diesmal wird es anders sein. Weil sie die Mutter seiner Kinder ist. Die Mutter seiner Kinder: Er wiederholt diese Worte und findet sie herrlich. Ja, das haben sie einander geschenkt: Kinder.
Er verbringt eine Nacht mit einem Mädchen. Beim Erwachen sagt sie ihm, sie habe schlecht geschlafen, denn er habe dauernd ihren Körper angefaßt, weniger um sie zu lieben, als um sie zu umarmen, sich auszuradieren, sich zu verstecken. Als ob er in ihrem Schlaf einen Trost suchte.
Er fühlt sich selber schlecht an diesem Morgen, denn neben diesem Mädchen wollte er eigentlich nicht aufwachen. Und weil ihm keine Frau so schön erscheint wie die, die sich entfernt.

Er hat es keine vierzehn Tage ausgehalten. Er hat angerufen, um den Großen zu hören, und ist auf sie gestoßen, die ihn an das Essen am Montag abend erinnerte: »Komm doch, es wird nett sein.« Er hat nein gesagt. Sie hat widersprochen: »Du hast unrecht.«
Er ist hingegangen. Gerechtfertigt oder nicht, es kam ihm vor, als ob keine Strategie im Prinzip den Verlauf der Kurve ändern könnte, die sich unter seinen Augen abzeichnete. Er hätte es lassen können zurückzukommen, wenn er beschlossen hätte, für immer zu gehen, doch er hatte nicht beschlossen, für immer zu gehen – er kehrte einfach nach einer dreitägigen Nicht-Reise nach Hause zurück.
Es wurde ein langweiliger Abend. Er wollte so tun, als ob, und er tat so, als ob nicht, wie er es immer tut, wenn er verärgert ist: Er brachte die Zähne nur auseinander, um ein »Wirklich? Warum denn das? Aach ja!« und andere Füllworte hervorzustoßen, und hoffte dabei, daß sie eine Diskussion bereicherten, von der er sich sofort absetzen könnte.
Er sah sie an. Sie tat so, als ob nichts geschehen wäre. Sie war freundlich, zeigte ihm keine Zärtlichkeit, wirkte ganz natürlich, und er sagte sich, daß sie seinen Weggang nicht ernst genommen habe, daß sie immer gewußt habe, daß er zurückkommen würde, und in diesem Punkt nicht den leisesten Zweifel, ja schlimmer noch, nicht die kleinste Unruhe empfunden habe. Wenn er eine Waffe eingesetzt hatte, dann hatte diese Waffe ihr Ziel ebenso vollkommen verfehlt wie die vorigen. Und die Natürlichkeit, mit der sie unter seinen Augen agierte, traf ihn wie eine Beleidigung, so sehr bewies sie, daß sie seine Entscheidung für unwichtig hielt – womit sie nicht ganz unrecht hatte, denn schließlich war er ja da.

Sie sind in dieser Nacht zusammengeblieben. Sie hat zu ihm gesagt: »Wenn du keine andere Lösung hast, schlaf im Bett. Du wirst ja wohl nicht am Boden schlafen wollen!«

Wie ein Hund.

Er hatte sich etwas anderes vorgestellt und dabei doch gewußt, daß es unmöglich war. Es ging nur darum, eine Situation erneut durchzuspielen, die er vor vielen Jahren schon erlebt hatte und an die er eine zärtliche Erinnerung hatte. Eines Morgens war er zu einer seiner Freundinnen gekommen, eine Tüte Croissants in der Hand. Die Dame schlief mit einem Mann. Er war so leise wie möglich wieder gegangen. Eine Stunde später hatte seine Freundin bei ihm geklopft, und sie hatten sich geliebt wie nie zuvor.

Er ist am Bettrand eingeschlafen, nachdem er einen Pyjama angezogen hatte – er, der doch sonst nie einen anzieht.

Zwei Tage lang hat er sich geweigert, sich nackt vor ihr zu zeigen. Wenn sie das Bad betrat, ergriff er ein Handtuch. Er schloß sich ein, um sich anzuziehen. Er schützte seinen Körper, weniger aus Scham als um zu signalisieren, daß nach der einunddreißigsten Nacht nichts mehr so war wie vorher.

Aber alles ist gleich. Wie vorher sagt sie ihm nicht mehr guten Abend, aus Angst, daß er sie an sich drücken könnte, nicht mehr guten Tag aus Angst, daß er kommen könnte, sie weicht ihm im Flur aus, durchquert vor ihm Türen, sagt *mein* Zimmer, wenn es um das gemeinsame geht, *meine* Kinder, »Ich weiß nicht«, wenn er sie fragt, was sie tun will, »Sieben Jahre haben wir zusammengelebt«, wenn sie von ihrem noch gemeinsamen Leben redet …

Wie vorher macht sie vor ihm ihre Gymnastik, zieht sich vor ihm an, betrachtet sich im Spiegel, entzückt, ihr Gewicht von *vor dem Großen* wiedererlangt zu haben.

Eifersüchtig meint er: »Du hast dir sonst nie solche Sorgen um deinen Körper gemacht.« Und geht, um ihre Antwort nicht hören zu müssen.

Normalerweise würde sie zuerst einen Einwand machen, dann er einen, sie würde sagen: »Du hast ja sowieso immer recht«, er würde erwidern: »Man muß sich doch nur die Fakten ansehen!«. Sie würde fragen: »Welche Fakten?« Er würde sie ihr darlegen, sie würde das Zimmer verlassen mit den Worten: »Du kultivierst Dramen!« Er würde ihr in die Küche folgen: »Du könntest zumindest anhören, was ich dir zu sagen habe!« Sie würde den Rollwagen oder einen Topf wegschieben: »Du redest immer irgendwas daher, mein armer Freund!« Er würde wütend ausrufen: »Ich hasse es, wenn du mich ›armer Freund‹ nennst!« Sie würde ins Bad gehen, er würde ihr folgen und sich verteidigen: »Ich mag keine Dramen, das stimmt nicht!« Sie würde verärgert den Kopf schütteln, er würde sagen: »Du liebst es, mich in Rollen hineinzupressen, die dir gerade passen!« Sie würde die Achseln zucken: »Hör auf! Alle kennen dich doch!« Und er würde schreien: »Und du? Neulich bei ...« Sie würde wieder in den Flur treten und schreien: »Vergiß die anderen, die anderen sind mir egal!« Er würde ihr folgen: »Sie sind dir gar nicht egal!« Er würde ein Beispiel anführen, sie würde ins Schlafzimmer gehen und die Tür hinter sich zuknallen, er würde sie wieder öffnen und dabei rufen: »Ich habe die Nase voll!« Sie würde antworten: »Seit sieben Jahren hast du schon die Nase voll!« Er würde sagen: »Ich kann so nicht weitermachen!« Sie würde sich zu ihm umdrehen und hinterhältig sagen: »Aber dann geh doch, mein armer Freund! Geh!« Und er würde gehen, für immer, ins Wohnzimmer, nachdem er nun eine erste Tür, dann noch eine hinter sich zugeknallt hätte.

Doch diese Eskalation will er nicht. Jedesmal bemüht er sich, sich zurückzuhalten: Bleib geduldig, bleib geduldig.

Und er denkt, sowohl um sich zu trösten als auch um sich auf das Schlimmste vorzubereiten, daß er niemals vergessen darf, wie hart diese Frau manchmal im Alltag sein kann.

Eines Abends, als er glaubt, daß die Situation nun wieder so sei wie vor dem einunddreißigsten Tag, sagt er zu ihr in bezug auf jene Nacht: »Fang nie wieder so an.« Sie lacht. Und er denkt: Selbst wenn sie wieder so anfinge, was wären denn meine Waffen?

Er ißt zu Mittag mit M. M. ist Schriftsteller und Regisseur. Seit ewigen Zeiten gibt es zwischen ihnen ein Ritual: Sie lesen sich ihre Texte vor – Romane und Drehbücher – bevor sie veröffentlicht oder gedreht werden. Was das literarische Urteil angeht, haben sie zueinander uneingeschränktes Vertrauen.

Ein paar besondere Erinnerungen verbinden ihn mit M., vor allem ihre Begegnungen bei Demonstrationen gegen den Faschismus: Dort treffen sie sich immer wieder.

M. spricht wenig, doch er ist geradeheraus. Was die Kinder angeht, so zeigt er seinen Weg ohne Umschweife auf: »Wenn die Frauen gehen wollen, sollen sie gehen! Aber ohne die Gören! Nur weil wir Männer sind, heißt das doch nicht, daß wir nicht das Recht haben, unsere Kinder groß werden zu sehen.«

M. hat ihn wieder aufgebaut. Ja, soll sie doch gehen, wenn sie will. Er wird seine Söhne behalten. Und die Wohnung, die ihnen beiden gehört.

Diese Entscheidung gibt ihm eine Achse. Nachdem er sich eine Verhaltenslinie zu eigen gemacht hat, fühlt er sich stärker. Diese Linie ist wie das Geländer einer Treppe, an das er sich klammert, um, im besten Falle, die Stufen wieder hinaufzusteigen, die er hinabgegangen ist, im schlimmsten Falle, um nicht weiter abzusteigen.

Als er ihr seinen Standort umreißt, antwortet sie: »Ich werde nie gehen. Ich weiß nicht, wozu du fähig wärst.«

Er wirft ihr den Mangel an Vertrauen vor, der sie dazu bringt, ein Verhalten an den Tag zu legen, das sie im Falle eines Bruches schützen würde: Wenn sie geht, verliert sie auch die Kinder. Aber warum muß sie sich schützen? Wenn sie schon verges-

sen hat, wozu er fähig ist, könnte sie sich zumindest daran erinnern, wozu er nicht fähig ist!
Seine Eltern kommen die Kinder besuchen. Seine Mutter am Nachmittag, sein Vater am Abend. Trotz aller Anstrengungen bekommt er den Mund nicht auf. Er begnügt sich mit einem Lächeln, wenn nötig, um wohlüberlegt zuzustimmen. Die Kinder sorgen für Abwechslung, und die Mutter spielt ihre Rolle. Er wird den Gedanken nicht los, daß mit einem Abstand von achtundzwanzig Jahren seine Frau und er dabei sind, das Scheidungsstück wieder zu spielen, in einer Inszenierung, die der ähnelt, die seine Eltern erlebt haben. Es stößt ihn in tiefe Bestürzung, als er erkennt, daß, wenn er in der Vergangenheit manchmal daran gedacht hat, seine Frau zu verlassen, er doch nie das Gewicht dieses Wortes abzuschätzen wußte: Scheidung. Und genausowenig wie das Gewicht des Wortes dessen Konsequenzen, genausowenig wie die Konsequenzen die Wirklichkeit der Tat, genausowenig wie die Tat die Umstände, die ihr vorausgehen. Während er seine Eltern bei sich empfängt, seine Mutter und ihren Freund und dann seinen Vater und seine Frau, wird ihm das Ausmaß des Dramas klar, das ansteht, seine Auswirkungen in der Zeit, ein Begriff, an den er bis jetzt nicht gedacht hat. Deshalb zeigt er sich trotz aller Versuche unfähig, die Zähne auseinanderzukriegen.
Es ist ihm gelungen, seine Mutter zu täuschen, aber nicht seinen Vater. Am Tag nach seinem Besuch hat dieser ihn angerufen:
»Es geht dir sehr schlecht. Was ist los?«
»Nichts ... Ich habe viel Arbeit.«
Er wird alle Erklärungen unterlassen bis zu dem Augenblick, wo er nicht mehr anders kann. Er wird sie verschweigen, um nicht die Last der Familien, die Anrufe, Versöhnungsversuche und, unvermeidlich, die Urteile erdulden zu müssen. Er wird sie verschweigen, um keine Rechenschaft ablegen zu müssen. Er wird sie verschweigen, denn nichts ist ihm verhaßter als das Ge-

ständnis, das er ihnen schuldet: Es ist mir genauso ergangen wie euch.
Jeden Abend schreibt er nun, besänftigt vom Lexomil und drei Whiskys, an seinem Roman. Das ist der einzige lebbare Augenblick des Tages. Im Nebenzimmer, hinter der geschlossenen Tür, schläft sie.
Er sagt zu ihr: »Du lebst ziellos dahin.«
Sie antwortet: »Du hast recht.«
Er spinnt den Faden weiter: »Paß auf, daß du nicht davonfliegst.«
Sie lacht und macht eine zärtliche Geste.
Sie denkt an den anderen. Sie verbringt die Abende damit, an den anderen zu denken. Manchmal reden sie. Eines Abends sagt sie zu ihm: »Die meisten Paare, die zusammenbleiben, tun es wegen der Kinder.«
Er erwidert: »Wenn wir uns also nicht trennen, dann verdanken wir das nur den Kindern?«
Sie antwortet nicht. Er fügt hinzu: »Das werden wir nie so machen.«
Sie hat ihm gerade eine Erklärung für die Heftigkeit gegeben, die sie ihm gegenüber zeigt: Sie will bleiben, nicht seinetwegen, sondern wegen der Kinder. Also haßt sie ihn ganz offensichtlich.
Ein anderer Abend: »Die Situation ist nicht mehr zu ertragen. Ich werde mir eine Wohnung nehmen.«
»Gut«, sagt er. »Aber solange du dein Abenteuer nicht gelebt hast, solange du nicht gefestigt bist, werden die Kinder hier bleiben.«
»Ich werde niemals ohne die Kinder gehen.«
Oft verbarrikadiert sie sich in ihrem Zimmer und telefoniert stundenlang. Er schließt alle Türen, die ihn von ihr trennen, um nichts zu hören, und sei es nur ein Flüstern. Er will, daß sie frei ist, will nicht in den Teufelskreis der Eifersucht und seiner Tan-

genten eintreten: Durchwühlen & Beaufsichtigen. Auf der einen Seite, weil es unwürdig ist, auf der anderen, weil die Frucht seiner Entdeckungen ihn vielleicht noch mehr leiden ließe. Er stellt niemals eine Frage über den anderen Mann.
Alle Koseworte, die sie früher für ihn hatte, sind von nun an für die Kinder bestimmt. Jedesmal, wenn sie einen der Söhne mit einem Spitznamen ruft, der vorher ihm vorbehalten war, zuckt er zusammen und denkt an alte Zeiten. Erinnert sich auch, daß sie ihm lange vorwarf, den Kosenamen nicht mehr zu benutzen, bei dem er sie in den ersten Monaten ihres Zusammenlebens nannte. Er begreift den Schmerz, den sie empfunden hat, und erleidet ihn nun selber. Der Gebrauch von Verniedlichungen bedeutet eine Hochstufung oder eine Herabstufung, deren Ausmaß er jeden Tag abzuschätzen versucht. Wenn sie ihn nur beim Vornamen nennt, hat er das Gefühl, eine Peitsche knalle über seinem Kopf. Er selber weiß nicht mehr, wie er sie nennen soll. Von Zeit zu Zeit nennen sie einander aus Gewohnheit oder in einem kurzen Anfall von Zärtlichkeit bei den Verkleinerungsformen früherer Zeiten. Jedesmal ist erst Freude spürbar, dann eine Wunde. Als ob man sich versprochen und eine Zärtlichkeit angedeutet hätte, die als Schnitt endet.
Er liebt es, daß sie sich samstags die Haare für den Sonntag wäscht. Er haßt es, wenn sie es montags für Dienstag macht.
Er liebt es, wenn sie ihm ihre Aufmerksamkeit widmet: »Deine Haare sind zu lang; dieses Hemd steht dir nicht; du ißt nicht genug.«
Er haßt das Geräusch des elektrischen Haarentferners, ein düsteres Surren, das für einen anderen summt, einmal in der Woche aus dem Bad. Eines Abends hat er die Sicherung herausgedreht, damit sie den Apparat nicht benutzen kann, doch hat er sie dann wieder eingesteckt und sich ein wenig geschämt.
Er liebt es, daß sie Kleider anzieht, die ihr nicht stehen, daß sie

sich zu stark schminkt oder aber nicht genug, daß sie sich über einen Pickel auf ihrer Haut beschwert.
Er haßt sich dafür, daß er all das liebt.
Ihr Gesicht verändert sich von Tag zu Tag. Es spiegelt nicht mehr das Glück und die Ekstase der ersten Zeit wider. Es ist jetzt angespannt, hart. Die Organisation oder die Desorganisation ihrer Liebe zu dem anderen Mann macht ihr angst. Zweifellos schätzt sie ab, was sie verlieren und anderswo gewinnen würde.
Er hat im Schrecken gelebt. Dann folgte das glatte und matte Ufer der Zärtlichkeit. Der Schrecken ist beweglich. Die Zärtlichkeit stagniert. Ein Schlamm.
Oft denkt er, er sollte seine Zielrichtung ändern: sich nicht mehr darum kümmern, sie zu erobern, sondern mit der Trauerarbeit beginnen und sich darauf einstellen, sie zu verlieren. Eine Frau folgt der anderen, sagt man. Aber er ist nicht in der Lage, Schaden anzurichten.

Voller Hoffnung wartete er auf den vierzigsten Tag. Er ist sehr tief gefallen. Am Vorabend hat sie sich im Schlafzimmer eingeschlossen. Als er es betrat, hat sie ein Blatt Papier versteckt, auf das sie etwas geschrieben hatte. Er hat auf dem Absatz kehrtgemacht und sich gefragt, ob der Brief an den anderen Mann oder an ihn selbst gerichtet war.

Er war an ihn selbst. In den wenigen Zeilen des einzigen Briefes, den sie ihm während der ganzen Krise schreiben wird, verkündet sie ihm, daß sie ihn liebt, daß sie den anderen liebt, daß sie das Haus nicht verlassen wolle, außer morgen abend, Samstag, und die Nacht darauf und den Morgen danach. Wenn es ihn nicht störe, so wolle sie die Kinder bei ihrer Mutter lassen, so müsse sie sich keine Sorgen machen und er auch nicht.

Er hat schriftlich geantwortet, daß es nicht zur Debatte stünde, die Kinder irgend jemandem anzuvertrauen an dem Abend, an dem ihre Mutter auswärts schlafe. Die Kinder haben einen Vater, ich werde mich um sie kümmern. Er hat sie nur darum gebeten, es so zu organisieren, daß sie sie nicht gehen sähen, und am nächsten Morgen mit Croissants und Blumen wiederzukommen. Er hat für Samstag abend Freunde eingeladen. Es war eine Art, das Ereignis zu feiern und gleichzeitig nicht allein zu sein. Er hat nur zu ihnen gesagt: »Sie verbringt die Nacht auswärts. Kommt.«

Sie sind den ganzen Tag in der Wohnung zusammengeblieben. Die Aussicht auf ihren Abend hat sie glücklich gestimmt. Sie lachte ausgelassen, während er wie angenagelt in einem Sessel saß und in ihr diese obszöne Freude wachsen sah. Im Laufe der Stunden, die vergingen, hat sie dann ihre Heiterkeit verloren. Er hat begriffen, daß seine Gegenwart ihr Glück behinderte, daß er ihrem Schwung zuwiderlief. Sie war zärtlich zu ihm und mehr noch, sie hat das Abendessen gekocht, als ob sie bleiben müsse. Sie hatte Schuldgefühle. Sie war traurig, weil sie ihn so sah. Doch um nichts in der Welt hätte sie ihre Pläne geändert. Um nichts in der Welt hätte sie ihn angelogen.

Er wollte gegen Ende des Tages gehen, bevor seine Schwiegermutter die Kinder abholte; er wollte weder diese Frau kommen noch die andere gehen sehen. Um fünf Uhr hat er sie gefragt, wie sie sich arrangieren wolle. Sie hat gesagt: »Ich werde um sechs gehen.«

»Und die Kinder?«

»Meine Mutter kommt zwischen sechs und sieben.«

Er hat sie gebeten zu warten. Sie hat abgelehnt. Er hat gesagt: »Nichts anderes zählt als dein Abend. Du läßt mich allein mit deiner Mutter, die nicht mit mir redet. Und was soll ich den Kindern sagen?«

»Sag ihnen, was du willst.«

Sie ist aus dem Zimmer gegangen. Er ist ihr in den Flur gefolgt und hat sie gebeten, anzurufen, um ihre Verabredung zu verschieben. Sie hat geantwortet: »Das ist unmöglich. Ich kann ihn nicht erreichen.«

Da ist er in seinen Sessel zurückgekehrt und hat auf sie gewartet. Um sechs Uhr ist sie zu ihm gekommen.

»Ich muß jetzt gehen.«

Sie war nicht geschminkt und hatte sich nicht umgezogen. Er war froh, daß sie keine besonderen Anstrengungen für den anderen unternahm, und gleichzeitig unglücklich darüber, daß ihre Geschichte so alltäglich geworden war, daß sie nicht mehr das Bedürfnis empfand, sich für ihn schön zu machen.

Sie hat ihm sehr zärtlich auf Wiedersehen gesagt. Er hat sie gefragt, wann sie zurückkäme. Sie hat geantwortet: »Am späten Vormittag.« Er hoffte, daß sie früher kommen würde. Er hatte sich auf das Minimum eingestellt, das sie ihm angegeben hatte, ein Abend und eine Nacht, und nun war es ein Teil des Nachmittags, eine Nacht, der ganze Vormittag. Vorher, währenddessen, nachher. Er hat gedacht: Ich hoffe, daß ich sie niemals so leiden lasse, wie sie mich nun leiden läßt. Und er sagte sich, daß die Geduld nicht die Mutter aller Tugenden sei, sondern die des Masochismus.

Sie ist zu ihrer zweiten Hochzeitsnacht aufgebrochen.

Die Schwiegermutter ist kurz danach gekommen. Sie haben sich kühl begrüßt, dann hat er sich um die Kinder gekümmert. Er ist bei ihnen geblieben, bis sie einschliefen. Danach hat er den Tisch gedeckt, und seine Gäste sind gekommen. Er hatte gerade diese Gäste ausgewählt, denn er kennt sie seit langem, und aus Gründen der Zuneigung meint er, daß sie ihm näherstehen als ihr. Er brauchte ein eigenes Revier. Er wollte umringt sein, wollte, daß man sich um ihn kümmerte.

Beim Tischdecken hat er ein Gedeck zuviel aufgelegt: das der Abwesenden. Sie haben über diesen Lapsus gelacht. Dann hat man gegessen, getrunken, geredet. Er hat gefragt, was er tun solle. Man hat nicht mehr von Geduld geredet. Die Männer haben gesagt, daß er von nun an mit ihr im Krieg läge. Die Frauen stimmten zu, allerdings mit mehr Zurückhaltung. L. hat einen ebenso knappen wie klaren Lagebericht gegeben: »Deine Frau verbringt die Nacht mit einem anderen Mann und bittet dich, brav auf sie zu warten, ohne dich zu rühren. Das kannst du doch nicht akzeptieren.«

P. hat zugestimmt, darauf die Frauen. Wie sie so alle dabei waren, ist in ihm ein Gefühl erwacht, das er bis jetzt nie empfunden hatte: Stolz. Und wohl wissend, wie oberflächlich das alles war, hat er sich zu neuen Ufern tragen lassen, wo Strategiefragen weniger zählten als ein stolzer Geist. Er wurde wiedergeboren. Er sah sich als einen Schatten, der einen Kieselstein ergriff, um ihn auf seinen Angreifer zurückzuwerfen. Ein Großer. Fast ein Held. Und er hat gesagt, daß er genug davon habe, sadistisch behandelt zu werden, daß er es nicht mehr ertrage, daß sie nicht wählen wolle, daß sie ihn ständig verletze, daß sie sich nackt vor ihm zeige, die Briefe des anderen herumliegen lasse, sich entziehe, wenn er sie an sich drücken wolle, daß sie sagte: »Ich bin wahnsinnig verliebt. *Mein* Zimmer, *meine* Kinder«, nein, das alles ging einfach nicht mehr.

Je mehr er redete, desto glühender wurde er, desto mehr näherte er sich der sozusagen objektiven Sichtweise seiner Gäste. Diese hörten ihm zu, froh, ihn endlich reagieren zu sehen: Ja, ja, du hast recht, tu's, tu's.

Aber was tun?

Sie haben darüber nachgedacht, während sie ihre Schlachtpläne ausgiebig mit Champagner begossen. Er solle auf der Stelle mit den Kindern fortgehen, eher am Morgen, wie die Frauen meinten, aber sehr früh, nach Meinung der Männer. »Ich hinterlasse eine Nachricht«, »Ohne Absenderadresse«, rieten die Männer, »Mit«, wandten die Frauen ein. »Sie soll sich Sorgen machen«, sagten die Männer, »Aber nicht zu viele«, erwiderten die Frauen. »Sie soll auf jeden Fall unsicher sein.« »Unsicher, aber nicht in Gefahr«, meinten die Frauen. »Und er, glaubt ihr nicht, daß er in Gefahr ist!« tobte P. »Und das seit zwei Monaten!« überbot ihn L.

»Das stimmt«, gaben die Frauen zu.

Erregt von diesem neuen Aufstand kochte er über vor Vergnügen bei dem Gedanken daran, wie seine Frau mit Blumen und Croissants in ein verlassenes Haus zurückkehrte, in allen Zimmern nach Mann und Kindern suchte, bevor sie aufgelöst auf dem Sofa zusammenbrach und schluchzte: »Was habe ich getan, was habe ich getan?«

Er käme ganz würdevoll am Abend zurück, nachdem er sich perfekt um seine Söhne gekümmert hätte, und er würde freundlich auf sie zugehen, sie fragen, wie es ihr gingen, würde erst den Kleinen, dann den Großen baden, ihnen zu essen geben und sie

zu Bett bringen, bevor er sich ihr widmete, die sich in seine Arme stürzte und flüsterte: »Ich habe solche Angst gehabt!«
Er würde sie nicht abwehren, sie aber auch nicht umarmen, seine Hand würde lediglich auf ihrem Rücken ruhen, wie sie es tut, wenn es ihm schlechtgeht; dann, weil sie mehr wollte, würde er ihr leicht über die Haare streichen, abwesend, aber doch da, großartig in seiner Zurückhaltung, er würde nichts dabei reden, oder jedenfalls nicht sofort und nur später, nachdem sie sehr viel geweint hätte, sagen: »Es ist vorbei, kleines Mädchen, es ist jetzt vorbei ...«
Während er in diesem Bild von »Eine Frau, die ich liebe und die mich liebt« badete, hat er eine Öffnung versucht, um zu vermeiden, daß man zu sehr litt, doch seine Freunde haben ihm den Weg versperrt: »Laß dir nicht mehr auf den Füßen herumtrampeln.« Und er, der wußte, wie recht sie hatten – wobei er genau wußte, daß dies nicht seine Sprache war, daß er sich einem Kräfteverhältnis aussetzte, das er verlieren würde –, hat nachgegeben, denn nachdem er alles versucht hatte, hatte er nichts mehr zu verlieren.
Als seine Freunde fort waren, verabredete er sich mit P. für den nächsten Tag vor elf Uhr.
Am Morgen hat er die Kinder angezogen und eine Nachricht hinterlassen. Er gab darin nicht an, wohin er genau ging, teilte ihr nur mit, daß er am Abend zurückkäme.
Er ist um genau elf Uhr bei P. eingetroffen. Eine Viertelstunde später klingelte das Telefon. Sie hatten den Anrufbeantworter eingeschaltet und den Ton abgestellt. Sie haben das Band laufen lassen: keine Nachricht. Er wußte, daß sie es gewesen war. Er wußte, daß sie beunruhigt war. Er hat zehn Minuten gewartet, dann hat er angerufen. Die Leitung war besetzt. Er hat bei R. und S. angerufen. Auch da war besetzt. Sie rief rundum bei den Freunden an, um herauszufinden, wo er war.
Als er dann mit ihr sprach, hat er ihr gesagt, wo er sich befand,

den Kindern geht es gut, mach dir keine Sorgen. Sie hatte eine Grabesstimme. Er hat gesagt, daß sie zum Abendessen da wären. Doch um drei Uhr kam ihm der Witz nicht mehr witzig vor. Nein, er hatte keinen Stolz. Um vier Uhr ist er heimgegangen.

Sie lag nicht auf dem Sofa, es gab weder Blumen noch Croissants, sie hat sich nicht in seine Arme gestürzt, und wenn sie geflüstert hat, dann nur ein knappes »Hallo«.
Kalt, bleich, eingemauert in ein bleiernes Schweigen.
Er hat es mit einer versöhnlerischen Vorgehensweise versucht, kühle Liebenswürdigkeit, dann, als sie die Kinder badete, hat er sich gefragt, wer denn nun das Recht hätte, feindselig zu sein. Wut hat ihn gepackt, als er erkannte, mit welcher Subtilität sie die Situation zu ihren Gunsten umkehrte.
Er hat den ganzen Abend nicht mit ihr gesprochen. Nachdem die Kinder im Bett waren, hat er sie nur gefragt, ob sie am nächsten Tag zu ihrem Hochzeitstag ausgehen wolle. Sie hat mit Nein geantwortet. Er hat ihr gesagt, daß er von nun an einen Krieg führen würde. Sie hat die Achseln gezuckt. Er hat erklärt, wie die Spielregel von seiner Seite aus laute: Er würde niemals Haus und Kinder verlassen, würde von nun an darauf verzichten, sie zu verführen, und um jeden Fußbreit kämpfen, bis die Lage sich geklärt habe. Und er hat geschlossen: »Ich führe keinen Krieg gegen dich, sondern für mich. Weil ich mich in der Passivität nicht mehr ertrage, und wenn ich nicht reagiere, gehe ich unter.«
Sie hat nicht geantwortet.
Er ist zu seiner Freundin im dritten Stock gegangen.
Am nächsten Tag hat er einen ersten Waffenstillstand versucht: Zu Ehren ihres siebten Hochzeitstages hat er ihr Blumen ins Büro geschickt. Er hat darum gebeten, daß man die Blumen so schnell wie möglich liefere.
Um elf Uhr hatte sie ihn noch nicht angerufen. Mittags rief er

bei dem Lieferunternehmen an, wo ihm bestätigt wurde, daß die Rosen abgeliefert worden seien. Um ein Uhr erhielt er die gleiche Bestätigung in ihrem Büro. Er wollte sie sprechen, doch man antwortete, sie sei fort. Er ließ die Mittagszeit vorbeigehen. Er gewährte sich eine letzte Chance bis vier Uhr. Dann nahm er den Hörer und rief sie auf ihrer Direktleitung an. Er behauptete, er brauche eine Auskunft – die sie ihm gab –, wonach er so leichthin wie möglich fragte: »Hast du meine Blumen bekommen?«

»Ja.«

Schweigen.

»Sind sie schön?«

»Ja.«

»Wann sind sie angekommen?«

»Zehn Uhr.«

Schweigen.

»Du hättest mich immerhin anrufen können!«

»Ich wollte es noch tun.«

Schweigen.

Er legte auf.

Am nächsten Tag hat er mit K., einer befreundeten Regisseurin, zu Mittag gegessen. K. hat gesagt: »Du kämpfst umsonst. In deinem Fall werden die Männer schließlich immer aus dem Haus geworfen und haben Unterhaltszahlungen am Hals. Und außerdem wenden die Frauen dann noch die Situation zu ihrem Vorteil, stellen Forderungen und meinen, daß ihnen alles zustünde, daß die Männer die einzig Schuldigen seien.«

»Aber das ist abscheulich!«

»Es ist schlimmer als abscheulich. Es ist ungerecht!«

Er hat gedacht, daß K. übertreibe.

Aber K. übertrieb nicht.

Am Morgen des vierundvierzigsten Tages hat er, um vor dem Krieg zu flüchten, den Entschluß gefaßt, mit dem Großen zu gehen. Er hat mit dem Kind darüber geredet. Er hat seine Freunde im Süden angerufen und angekündigt, daß er am nächsten Tag abends fahren würde. Dann hat er sie von ihrem Plan in Kenntnis gesetzt. Sie hat gefragt: »Warum fährst du?«

»Weil wir so nicht weitermachen können. Du mußt deine Geschichte mit dem anderen Mann leben und wählen.«

»Warum nimmst du den Großen mit?«

»Weil ich ihn brauche.«

Er hatte noch einen anderen Grund: Wenn er das Haus mit seinem Sohn verließ, desertierte er nicht und beachtete so seine strategische Linie.

Sie hat keinen Einwand gemacht. Damals hatte sie noch Schuldgefühle.

Sein Vater hat ihn angerufen. Er wollte die Kinder am nächsten Wochenende holen. Er hat geantwortet: »Das geht nicht. Ich fahre mit dem Großen weg.«

»Was ist los?«

»Du hattest neulich recht. Es geht mir sehr schlecht. Ich muß dich sehen.«

Er mußte mit seinem Vater reden. In dieser allgemeinen Verwirrung, in der er nun all seine Freunde ausgeschöpft hatte, brauchte er einen anderen Blick, etwas anderes als Traurigkeit, Solidarität, die ungeheure Aufmerksamkeit, die seine Familie ihm bewiesen hatte. Er brauchte eine Stütze, mußte aufatmen können, mußte wieder wie ein Kind angesehen werden können.

Aber sein Vater hat ihn nicht wie ein Kind angesehen. Im Blick seines Vaters hat er Schmerz gesehen, eine Art Müdigkeit, viel

Ohnmacht – aber nicht mehr. Er hat sich gesagt, daß er selber alt sei und sein Vater sehr alt. Sie redeten wie Erwachsene über eine Situation von Erwachsenen, die der eine vor achtundzwanzig Jahren erlebt hatte, während der andere sie jetzt erst entdeckte. Zwischen ihnen lag der Sockel der Erfahrung, auf den sie von nun an gemeinsam steigen konnten. Aber nicht mehr.

Er erlebte die Situation um so schmerzvoller, als er zwischen zwei Mühlsteine geraten war – seine eigene Trennung von seiner Frau und die Scheidung seiner Eltern. Gewisse Bilder vermengten sich in ihm, riefen ein Durcheinander hervor, in dessen Mitte er sich verlor, da er die große Ohrfeige des reifen Alters ertragen und gegen die alten Stiche kämpfen mußte, die aus der Kindheit herrührten. Er war gleichzeitig er selber heute und der kleine Junge von früher, sein Vater und seine eigenen Söhne; wenn er an seine Frau dachte, kam es vor, daß er seine Mutter sah, und der andere Mann vermischte sich manchmal mit dem Gesicht seines verstorbenen Stiefvaters, das Objekt jener anderen Trennung. Er dachte ständig, daß seine Eltern ungefähr im selben Alter wie er auseinandergegangen waren, und hatte voller Schrecken die Reproduktion eines Mechanismus vor sich, der ihm allein durch das Wiederholungsprinzip sozusagen unentrinnbar erschien. Wie ein Schicksal.

In zwei Monaten hatte er die Zeit gehabt, die ganze Macht der Mühlsteine abzuschätzen. Mit seinem Vater wollte er über jenen anderen Teil sprechen, zwischen dem sein Kopf eingeklemmt war: dem anderen Mühlstein. Er allein konnte ihm helfen, sich von dem Mühlstein der Kindheit zu befreien.

Doch der Vater hat das nicht begriffen. Oder wenn er es begriffen hat, so hat er sich geweigert, das Spiel mitzuspielen. Aus Scham zweifellos, vielleicht aus Furcht, da er selber zuviel gelitten hatte, um nun alte Demütigungen durch den Kummer seines Sohnes noch einmal zu erleben. Und vor allem weil, nachdem

er sein Leben neu gestaltet hatte, dieses Blatt seiner Geschichte umgewendet war. Endgültig.
Als er ankam, arbeitete sein Vater in seinem Büro. Er hat ihn nicht hinter dem Tisch Platz nehmen lassen, sondern an seiner Seite. Er hat in seinen Gesten und seinen Aufmerksamkeiten eine Erinnerung wiedergefunden, die vergraben war und die ihm ins Gedächtnis drang, als ob sie einen Platz belegte, die sie vor zwanzig Jahren dort eingenommen hatte.
Er ist vierzehn Jahre alt, er ist zum erstenmal verliebt. Er sagt es seinem Vater, der auf einen Stuhl in seinem Büro zeigt, bevor er ihm diesen herrlichen Vorschlag macht: »Willst du eine Zigarre?«
Danach spricht er von seinem Leben, seinen vergangenen Geliebten und gibt seinem Sohn einen völlig achtbaren Rat: »Bums so viel wie möglich.«
Zwischen zwei Rauchringen und wiederholten Hustenanfällen antwortet der Knirps, daß er sich Mühe geben werde. Er sieht blau.
Sein Vater und er haben zweimal in ihrem Leben miteinander geredet: als er vierzehn war und als er siebzehn war. Das erste Mal riecht nach der Zigarre der ungeschickten Vertraulichkeiten; die zweite leitet einen Bruch ein, den er nicht wünschte.
Er ist also siebzehn, und er geht fort. Seine Sachen liegen in Kisten verstaut in seinem Zimmer. Sein Vater will nicht, daß er geht. Sie sind allein in der Wohnung, eingeschlossen im Schatten und Schlaf der anderen. Und sein Vater will nicht, daß er geht. Die ganze Nacht, bis zur Morgendämmerung, versucht er, seinen Sohn zurückzuhalten. Und dieser versucht sich loszumachen, so sanft wie möglich, um ihm nicht weh zu tun. Er liebt seinen Vater. Er liebt ihn sehr.
Doch er wird nicht bleiben. Niemals hat sich dieser vierzigjährige Mann, handfest und schamhaft und ausgestattet mit den Waffen seiner Generation, nämlich der Männlichkeit, niemals

also hat sich dieser Mann so sehr ausgeliefert, hat so sehr eine Zuneigung ausgedrückt, die sein Vater und der Vater seines Vaters und alle Väter einer Zeit, in der der Mann herrschen mußte und nicht schwach sein und sich offenbaren durfte, gelernt haben, einander nur durch die äußeren Zeichen der Vaterschaft zu erkennen zu geben.

Doch er wird nicht bleiben. Das Jahr 1968 war angesagt. Was der Jugendliche will, ist, sein Gesichtsfeld erweitern, von der Familie zum Leben übergehen, den Acker seines Lebens allein bebauen. Er muß seine Freiheit erobern. Dort, wo er eine Erweiterung sieht, sieht der Vater einen Bruch. Der Sohn schneidet die Nabelschnur ab. Ihre Vertraulichkeiten jedoch bleiben unvergeßlich: Mit zehn Jahren hat das Kind beschlossen, allein mit seinem Vater zu leben; dieser hat ihm eine Moral, eine Ethik beigebracht, die für immer die seine bleiben wird; im Mai 68 waren sie zusammen, wenn schon nicht auf der Straße, so doch im Herzen.

Doch er wird nicht bleiben. Denn nach dem Mai kam der September, und da zerbrach alles. Auf diesem Karussell, auf dem sie sich zusammen gedreht hatten, er, sein Vater, seine Stiefmutter, fuhr der eine fort, als die anderen abgestiegen sind. So daß zwei Jahre später das Kind immer noch von seinem Schwindelgefühl träumte, wenn der Mann die Zeugnisse durchsah. Und das sagen sie sich nun an jenem Abend, benutzen ihre vertraulichen Mitteilungen und herzzerreißende Sätze. Zum erstenmal gibt der Vater zu, daß er sich oft geirrt hat, daß es ihm weh tut, daß sein Sohn geht. Er enthüllt einen Teil seiner selbst, den die nachfolgenden Generationen nicht mehr zu verbergen suchen: den weiblichen Anteil, den jeder Mann in sich trägt.

Im Morgengrauen trennen sie sich. Wahrscheinlich lieben sie sich wie nie zuvor. Bevor er die Tür zu seinem Zimmer schließt, sagt der Vater: »Ich werde sehen, wofür du dich entschieden hast, wenn ich aufwache.«

Als er aufwacht, ist sein Sohn fort.

Heute nun sitzen sie nebeneinander im Büro, und der Vater nickt traurig mit dem Kopf. Er zeigt sich so, wie er immer gewesen ist: großzügig, ehrlich, außergewöhnlich. Doch der Sohn braucht im Moment keine Leitfigur. Er bräuchte einen Zauberer. Er möchte, daß sein Vater mit einem Schwingen des Zauberstabs, wie er es immer getan hat, seine Probleme löst. Er möchte, daß er sie alle wieder zur Vernunft bringt, seine Frau, ihn selber, den anderen Mann. Aber er ist kein Kind mehr, weil sein Vater kein Zauberer mehr ist. Er kann nichts tun. Er kann nichts.

Also wird der Sohn zu einem Vater, der mit dem Großvater über seine Kinder spricht. Er gibt die Staffel an seine Söhne weiter. Er bittet: »Sei im Leben meiner Söhne anwesend.«

Dann steht er auf, küßt seinen Vater und geht. Er wird einen Weg weitergehen, den er früher oft gegangen ist, den Weg des alten Elends: Er wird in den Süden fahren.

Hundertmal ist er die Straße in den Süden gefahren. Als wilder Tramper, als organisierter Tramper, mit seinen ersten Autos, von denen mindestens eines seinen Geist am Straßenrand aufgegeben hat; dann kamen die schnellen und gut geheizten Limousinen und, die letzten Male, das Flugzeug.

Der Süden ist sein geheimster Kontinent. Vor seiner Heirat fuhr er dorthin, sobald etwas in seinem Leben schieflief – das heißt, dreimal im Jahr. Er fuhr weniger wegen des Meeres, der Pinien, dem Himmel hin, alles Dinge, die ihn gleichgültig lassen, als vielmehr wegen seiner Freunde, von denen etliche genauso arme Schlucker waren wie er selber mit zwanzig Jahren.

Seine Ufer waren die der Maler von Saint-Tropez. Nicht die Herren der Galerien, sondern die Farbenkleckser am Hafen. Nachdem er Platten und Wohnungen verkauft, Zahlen auf Parkplätze gemalt, Paris auf seinem Kuriermofa durchfahren und Papier im Sekretariat der Sorbonne vollgekritzelt hatte, war er auf der Place du Tertre gelandet, wo er die schlechten Bilder anderer verkaufte, für die er – schließlich verpflichtete einen der Ort dazu – die Vaterschaft beanspruchte. Seine Malerarbeitgeber waren Gefährten, und er fuhr oft zu ihnen in den Süden, wohin sie in der schönen Jahreszeit emigrierten.

Sie bildeten eine Bande. Sie hatten alte Meharis und der reichste von ihnen einen alten Jaguar. Sie hatten Affen auf der Schulter sitzen, klauten in Geschäften, veranstalteten unglaubliche Feste und Skandale in Restaurants, schliefen mit den Mädchen und tranken beim Frühstück den Champagner vom Vorabend aus.

Er war der Benjamin der Gruppe. Er bewunderte diese Künstler, die er einem Murger entstiegen glaubte. Er liebte ihre schöpferischen Ansprüche, ihre Tiraden gegen die Bourgeoisie, ihre (theoretische) Ablehnung jeglicher Kompromisse. An ihrer Seite durchlebte er noch einmal seine Schülerrevolten, entdeckte die Trunkenheit nichtendenwollender Nächte.

Im Laufe der Zeit entfernte er sich von ihnen und sah sie schließlich nicht mehr. Mit fünfunddreißig Jahren waren sie Sieger; mit fünfundvierzig herrschte Bitterkeit, der Alkohol verdünnte sich, die Malerei schwand dahin. Er liebte sie nicht mehr. Diese Zeit war vorbei.

Später, wenn er in den Süden fuhr, so war es, um einen Zufluchtsort bei anderen Freunden zu entdecken, die er seit seiner Jugend kannte: J. und A. und ihre vier Kinder.

Diese stellen einen Fixpunkt in seinem Leben dar. Sie haben sich im Lycée kennengelernt, waren zur gleichen Zeit Linke, dann haben sich ihre Wege getrennt, nicht jedoch ihre Ziele. Er wollte schreiben, er hat geschrieben. Sie wollten das Leben verändern, sie haben das Leben verändert. Von all seinen älteren Freunden, die von den Versammlungen, den Demos und den großen Revolten, sind sie die einzigen, die einen Lebensstil beibehalten haben, der den Zugvögeln jener Zeit teuer war. Sie schätzen einander wegen dieser Energie, die sie seit ihrer Jugend nicht aufgegeben haben, um Ziele zu erreichen, die sie sich gesetzt hatten.

J. und A. sind sein absolutes Gegenteil, und deshalb muß er sie sehen, wenn nichts mehr geht: Er taucht in ein Leben, das dem seinen nicht ähnelt, und sieht Bilder, die kein anderer ihm zeigen kann.

Er fährt zu ihnen, so verloren wie mit zwanzig. Doch die Situation ist nicht mehr die gleiche, weit entfernt davon: Auf dem Rücksitz schläft ein kleiner fünfjähriger Junge, der sein Sohn ist. Er beobachtet ihn im Rückspiegel. Das Kind liegt auf der Bank, seine Spielsachen und seine Plüschtiere um sich herum ausgebreitet.

Sie haben viel geredet auf dieser Fahrt. Ohne jemals das Problem der *Scheiderei* anzusprechen. Als ob, nachdem er Paris hinter sich gelassen hatte, sie beschlossen hatten, sich zusammen treiben zu lassen, dem Druck zu entfliehen, gut verstaut in diesem Auto, in dem es warm ist; sie durchqueren verschneite Ebenen, die sie zu einer Oase führen werden, wo sie, so hofft er, Ruhe finden.
Sie kommen am Abend an. Es ist ein großes Haus am Ufer des Etang de Berre. Als er es betritt, stellt er seine Koffer ab – im wörtlichen wie im übertragenen Sinn. Er atmet auf. Er atmet leichter. Hier ist nichts wie in Paris. Seine Freunde sind jungfräulich: Sie wissen nichts von der Krise.
In diesem Haus sind die Kinder Könige. Der Große spielt mit den anderen. Und er sitzt mit A. und J. in der Küche und erzählt. Er erzählt alles. Er hat das Gefühl, sich auszuleeren, doch das ist nur ein Gefühl: In Wahrheit befeuert er seine Freunde mit einer Energie, die er nicht loswerden kann. Er überträgt sie. Im Gegenzug wird er in der Woche, die er hier verbringen wird, Wellen empfangen, die den seinen ähnlich sind: den Bericht, in kleinen Häppchen erzählt, über den Zusammenbruch der Beziehung dieses Paares. Und wieder einmal wird er, wenn er die Geschichten vergleicht, denken, daß die seine noch nicht die Höhen erreicht hat, aus denen der Sturz unvermeidlich ist. Das wird ihm Hoffnung geben.
Er hatte nur ein Detail vergessen: Alle seine Freunde, denen es gelungen ist, Fäden wieder zu knüpfen, die brutal abgerissen waren, kannten sich seit ihrer Jugend. Die anderen, die sich nicht auf eine so lange und so feste Vertrautheit gründeten, sind auf dem Feld der Ehre gefallen.
Am ersten Abend haben sie ein Fest veranstaltet. Gekommen sind zwanzigjährige Jungen und Mädchen, gekleidet, redend und lachend wie sie selber in diesem Alter. Sie haben Higelin und Cabrel gehört. Sie haben Joints geraucht. Sie sind spät ins

Bett gegangen. Vorher hatte er sich mit einem Mädchen verabredet.
Er schläft bei seinem Sohn. Als er aufwacht, ist der Junge im großen Zimmer, steht schweigend am Fenster und betrachtet das Meer. Er ruft ihn. Das Kind kommt und fragt: »Papa, spielen wir Piraten?«
Er steht auf und führt ihn zu den Felsen.

A. gibt ihrer kleinen Tochter das Fläschchen. Er wendet sich ab. So gut er mit den anderen Kindern spielen kann, die viel größer als seine sind, so unfähig ist er, sich für das letzte zu interessieren, das kaum jünger ist als sein Jüngster. Er sieht nicht A. und ihr Kind, sondern seine Frau und seines. Wenn J. da ist, sieht er nicht einen Vater und eine Mutter, die gerührt vor ihrem Baby stehen, sondern sich selber, sie und seinen letzten Sohn, so wie sie hätten sein können und wie sie nicht mehr sein werden.
Einer nach dem anderen rufen die Freunde an. Sie sind beunruhigt: Er hat niemanden von seiner Abreise verständigt. Sie wollen wissen, wie es ihm geht. Diese Anrufe hindern ihn daran, seinen Geist zu leeren. Er würde es sowieso nicht schaffen.
Er verbringt seine Tage neben dem Feuer, legt mit seinem Sohn Holz nach. Er denkt nur an den Kleinen und an seine Mutter. Auch wenn man tausend Kilometer weit weg ist, seinen Kopf hat man immer dabei. Er wußte es, doch er ist trotzdem gekommen. Er möchte, daß achthundert Kilometer nördlich seine Frau den anderen Mann trifft, daß sie ihn Tag und Nacht trifft, und daß sie endlich weiß.
Doch sie trifft ihn nicht. Wenn sie miteinander reden und obwohl er ihr nie eine Frage über das stellt, was sie treibt, sagt sie: »Ich gehe nicht aus.«
Sie ruft jeden Tag an. Er würde sie lieber nicht hören, doch immer reicht der Große ihm den Hörer: »Papa, es ist Maman.«

Brummend antwortet er.
Eines Morgens erinnert sie ihn daran, daß sie über Neujahr einen Bungalow in einem Ferienzentrum gemietet haben. Er sagt, daß er keinen Sinn darin sieht, zusammen wegzufahren. Sie besteht darauf. Er fragt sie, ob die Komödie noch lange dauern wird. Sie zögert, wartet einen Moment und erklärt: »Ich weiß nicht.« Und er nach einem langen Schweigen: »Liebst du mich noch?« Und sie: »Ja.«
Das junge Mädchen, mit dem er sich verabredet hatte, ruft an, um den Treffpunkt zu bestätigen. Er sagt ab. Er möchte lieber bei seinem Sohn als mit einer Frau schlafen. Und außerdem fühlt er, daß er nicht die Kraft hat, ein Verführungsspiel zu beginnen. Er würde gerne schnurstracks ins Bett gehen und es danach wieder verlassen, doch wozu soll eine Demütigung dieser Art gut sein mit einem Menschen, den er nicht kennt, dem er nur das bieten kann?
Er sieht seinem Sohn zu, der in der Sonne schläft. Seine Augenlider sind durchsichtig und äußerst zerbrechlich. Er drückt einen zarten Kuß darauf. Er denkt, daß er niemals ohne dieses Kind wird leben können.
Er schneidet ihm die Nägel. Plötzlich zieht der kleine Junge seine Hand weg, senkt den Kopf und sagt: »Papi, ich bin traurig.«
Er nimmt ihn in die Arme.
»Warum bist du denn traurig, mein Kleiner?«
»Weil ich meine Nägel verlasse.«
Er war niemals autoritär gegenüber seinem Sohn. Die Mutter wirft es ihm oft vor, und er weiß, daß sie recht hat. Aber er glaubt, daß sie seine Auswüchse und seine Mängel kompensieren kann, genauso wie er die ihren kompensieren kann. So entsteht ein Gleichgewicht, das auf dem Sich-Ergänzen der Erwachsenen beruht. Er wagt nicht daran zu denken, wie sich die Kinder entwickeln könnten, sollte dieses Gleichgewicht einmal gestört werden.

Eines Tages hat der Große ihn darum gebeten, Musik zu machen. Er hat ihn in eine Musikschule begleitet und ist hinten im Klassenzimmer geblieben, um die Qualität der Stunde einschätzen zu können. Der Lehrer hat die Kinder sich im Halbkreis um ihn herum setzen lassen, hat Schlaginstrumente ausgeteilt, und die Kinder haben angefangen zu spielen. Der Lehrer unterbrach sie ständig, befahl dies und jenes, korrigierte die Position der Finger, befahl dem einen, stärker zu schlagen, dem anderen, sich anderswo hinzusetzen. »Nein, nicht hier, da, nicht da, hier, beeil dich doch!«

Nach fünf Minuten hat sich der Große zu seinem Vater umgedreht und hat ihm ganz laut zugerufen: »Papa, gehen wir?«

Sie haben Hand in Hand den Raum verlassen.

Da das Kind Violoncello spielen wollte, hat er ein Instrument gemietet und einen Lehrer vom Konseravtorium gebeten zu kommen. Er war bei einigen Stunden dabei. Es hat ein Vierteljahr gedauert. Sein Sohn machte, was der Lehrer von ihm verlangte, sofern dieser erst einmal machte, was er wollte. In der letzten Stunde hat er gesagt: »Ich singe dir das Lied von Batman, und danach singst du es nach!«

Das Kind hat den Bogen gepackt und ihn auf den Saiten quietschen lassen, dazu hat es gebrüllt: »Bat-man! Bat-man! Batman!«

Und der Lehrer hat wiederholt. »Bat-man!«, eine Oktave tiefer, auf seinem Instrument aus dem achtzehnten Jahrhundert.

Der Vater mußte in wildes Gelächter ausbrechen. Der Lehrer ist gegangen. Weiter sind die Violoncellostunden nicht gediehen.

Er hat seinem Sohn immer recht gegeben. Als er klein war, sprach er wenig, schlecht, und er stotterte. Jedesmal, wenn er versuchte, einen Satz zu sprechen, ließ der Vater alle Gespräche unterbrechen, damit das Kind sich ausdrücken konnte. Seitdem hört er nicht mehr auf zu reden.

Er gab ihm recht, weil er glaubt, daß ein Kind gegenüber den Er-

wachsenen immer recht hat. Darin hat er natürlich unrecht. Doch deswegen oder auch trotzdem ist der Große frech, frei, entschlossen, natürlich. In seinen Augen alles gute Eigenschaften. Die Mutter hat sich immer damit beschäftigt, die Auswüchse zu glätten, die der Vater pflegte. Er wagt nicht daran zu denken, wie sich seine Kinder entwickeln würden, sollte dieses Gleichgewicht gestört werden.
Er hat dem Großen keine Frage gestellt. Doch der Große hat gesagt: »Ich will bei Maman bleiben.«
Es hat ihm weh getan. Einen ganzen Tag lang hat er nachgedacht. Er hat viel mit A. und J. gesprochen. Am Abend hat er wieder bei der Mutter angerufen. Er hat gesagt: »Der Große will bei dir bleiben. Wir kommen morgen zurück. Ich lasse dir die Wohnung. Ich werde gehen.«
Sie hat geantwortet, daß sie am nächsten Tag nicht da sei. Die Wut hat ihm die Stimme verbrannt. Er hat geschrien: »Ich biete dir alles an, und du kannst es nicht mal annehmen! Ich kann mich nicht für nichts opfern!«
Sie hat geantwortet, es gelinge ihr sowieso nicht, ihm zu folgen, so oft ändere er seine Meinung.
Der Ton ist lauter geworden.
Er hat den Hörer aufgeknallt.
Er hat zu A. und J. gesagt: »Der Krieg hat wieder angefangen. Doch diesmal geht es um das letzte Gefecht.« Er trumpfte auf. Er versuchte, Kraft aus der Demonstration dieser Stärke zu schöpfen.
Der Große ist zu ihm gekommen. »Papa, in Wahrheit möchte ich bei dir bleiben.«
Dann, eine Stunde später: »Papa, ich hab' nachgedacht, ich will bei meinem Bruder sein.«
Er hat sie wieder angerufen. Sie hat V., dann R. angerufen. V. hat ihn angerufen, dann R., dann wieder sie.
Sie hat A. angerufen.

G. hat ihn angerufen. Dann P. Dann L.
A. hat mit ihr gesprochen.
R. hat wieder angerufen.
Er hat bei S. angerufen.
N. hat angerufen. Dann sie. Dann sein Vater.
Er ist spazierengegangen.
Am Ende des Abends hat sie ihn noch mal angerufen. Sie hat gesagt: »Beruhigen wir uns, und reden wir in Paris über alles.«
Er ist noch zwei Tage im Haus am Etang de Berre geblieben. Dann hat er seine Freunde umarmt, ihre Kinder, und ist nach Aix-en-Provence gefahren. Dort hat er seine Freundin C. und ihre Tochter wieder getroffen.
Er kennt C. seit zwanzig Jahren. Sie ist wie seine kleine Schwester und er wie ihr großer Bruder. Manchmal ist es auch umgekehrt. Alles hängt davon ab, wer den anderen gerade mehr braucht.
Heute ist er es. Sie treffen sich in dem Café, in dem sie sich immer verabredeten, wenn er von Paris herfuhr, um sie zu sehen. Sie sitzt an einem Tisch und sieht ihn auf sich zukommen. Er trägt seinen schlafenden Sohn im Arm. Sie lächeln sich an. Sie haben sich mehrere Jahre nicht gesehen, doch ihre Vertrautheit ist so groß, sie haben so viel Unglück zusammen erlebt, sie mögen sich so sehr, daß, als er sich setzt, es so ist, als ob er seinen Platz wiederfände. Seinen Platz neben ihr.
Sie gehen auf dem Cours Mirabeau, untergehakt, der Große läuft vorneweg mit der Tochter von C. Es ist schönes Wetter. Die Stadt sieht ockerfarben aus. Er erinnert sich an seine Frau, vor langer Zeit, als sie mit ihm diese baumbestandene Straße entlangging, strahlend und lachend, schelmisch, spöttisch; sie hatte keine andere Rolle zu spielen als sich selber – befreit von den strengen Kleidern des aktiven Lebens.
Er sagt zu C.: »Wenn meine Frau und ich uns trennen, werde ich hier leben.«

Sie sprechen von Beziehungen. Paare nähren sich von Plänen. Zuerst will man sich lieben, dann zusammenleben, dann Kinder haben. Danach faßt man Reisen ins Auge, Ferien, Wochenenden, man will ausgehen, Einladungen geben. Wenn man alles ausgeschöpft hat und nichts Neues mehr weiß, träumt man von dem, was man am Abend essen wird.

Er sagt: »Weder sie noch ich haben gerne gekocht.«

C. fragt: »Du könntest Paris wirklich verlassen?«

Er antwortet mit ja. Er würde ein großes Haus am Meer mieten, in das seine Kinder kämen, und sogar seine Frau, sollten sie sich wieder verstehen können. C. und ihre Tochter könnten dort wohnen. Und andere Freunde, wenn sie es wollen. Er würde in der Sonne arbeiten. Er wäre weit weg von der Welt.

So baut er sich ein ideales Universum auf, das nur der schattige Abhang eines Gipfels ist, von dem er nicht herabsteigen will. Er bemüht sich, das Meer, die Zikaden, die Pinien zu lieben, und wendet sie wie Kunstwerke auf neue Situationen an, die er nach zwei Monaten Krise erst beginnt, sich vorzustellen. Zum erstenmal spricht er von seiner Frau und ihrem gemeinsamen Leben in der Vergangenheit.

Sie gehen mit dem Großen ins Café, ins Restaurant, auf Karussells, in Konditoreien. Das Kind ist glücklich. Man zwingt es zu nichts: Es tut, was es will. Der Vater denkt, in der Situation sei dies das mindeste, was er tun könnte, um ihm zu helfen.

Am Abend geht er allein mit C. aus. Seit ihrer letzten Begegnung hat sie ihren Führerschein gemacht und sich ein kleines Auto gekauft. Sie zeigt es ihm, ist ganz stolz; sie öffnet ihm die Tür und setzt sich hinter das Steuer, auf zwei Kissen hockend, mit deren Hilfe sie die Straße überblicken kann. Er sagt lachend: »Man sollte den Führerschein nicht kleinen Mädchen geben, die weniger als achtzig Zentimeter groß sind.«

Sie gibt ihm eine sanfte Ohrfeige. Sie fahren los. Sie klappern verschiedene Nachtlokale ab, doch keines paßt ihnen. Darauf

steigen sie wieder ins Auto. C. fährt mit hundert Stundenkilometern. »Schau nur, wie gut ich fahre!«
Er wendet ein, daß bei Glatteis die kleinen Mädchen, die weniger als achtzig Zentimeter groß sind, lieber schlafen sollten.
»Haben wir denn Glatteis?«
Er bringt ihr bei, die Motorbremse zu benützen; den Blinker zu setzen und den Scheibenwischer zu betätigen, nicht rechts zu überholen, in der Stadt langsamer zu fahren. Als sie wieder ins Zentrum von Aix kommen, lachen sie wie die Kinder. Seit zwei Tagen hat er kein Lexomil mehr genommen.
Sie beenden den Abend in einer Kneipe voller Studenten. Sie müssen brüllen, um sich verständlich zu machen. Er erzählt, daß er einmal ein achtzehnjähriges Mädchen auf den Mund geküßt habe, aber nicht mehr, denn immerhin ... Sie fragt: »Wieso das?«
Er antwortet: »So eben.«
Und er küßt sie auf die Lippen. Sie weicht auf ihrem Platz zurück und lacht: »Du übertreibst!«
Er packt sie am Hals, sie bietet ihm ihren Mund, und sie küssen sich und sind glücklich.
Er fragt sie: »Warum wolltest du nie mit mir schlafen?«
»Aber wir haben doch zusammen geschlafen!«
»Geschlafen ja. Aber nicht mehr.«
»Weil du für mich wie ein Bruder bist.«
In dieser Nacht hat er das Gefühl, daß sie es tun könnten. Doch sie tun es nicht. Erstens weil sie es vielleicht nicht akzeptieren würde. Zweitens weil er nicht will, daß sein Sohn ihn am Morgen entdeckt, wie er bei einer Frau schläft, die nicht seine Mutter ist.
Sie küssen sich noch einmal und trennen sich dann. Er ist nicht ihr Bruder, sie ist nicht seine Schwester. Er liebt ihre verliebte Freundschaft leidenschaftlich.
Am letzten Morgen werden sie vom Telefon geweckt. Der Gro-

ße springt aus dem Bett und nimmt ab. Es ist seine Mutter. Er sagt: »Wir kommen nicht jetzt heim. Wir kommen in ...« Er zählt es an seinen Fingern ab. »... vier Tagen.«
Dann ruft er seinen Vater: »Papa, es ist Maman.«
Er lacht nicht mehr. Er nimmt den Hörer. Sie fragt: »Wann kommt ihr zurück?«
»Wenn der Große es will.«
»Nein, jetzt reicht es. Ich will euch sehen.«
Er schweigt einen Moment.
»Du willst nicht *uns* sehen. Du willst *ihn* sehen.«
»Ich möchte, daß ihr alle da seid.«
Er schließt die Augen.
»Hast du gehört?«
»Wir fahren. Wir werden am späten Nachmittag da sein.«
Er nimmt in Orange das erste Lexomil, ein zweites in Lyon, ein drittes in Auxerre. Als er in Paris einfährt, ist das Fläschchen leer. Er hält vor einer Apotheke. Er hat Angst davor, sie zu sehen.

Er hatte gedacht, daß er es bei der ersten Geste wissen würde, und bei der ersten Geste hat er es gewußt: Sie hat die Tür geöffnet, hat den Großen, dann ihn selber geküßt, hat die Hände um seinen Hals geschlungen, Kuß auf die linke, dann auf die rechte Wange, wobei sich das Gesicht entfernt, damit ihre Lippen sich nicht berühren.
Er hat noch ein Viertel Lexomil genommen.
Der Große hat seinem Bruder das Plüschtier geschenkt, das sie in Aix für ihn gekauft haben. Sie haben alle drei auf dem Teppich des Wohnzimmers gespielt. Dann hat er sich in einen Sessel ihr gegenüber gesetzt, den Jüngsten auf seinen Knien. Sie haben vom Regen und der Jahreszeit gesprochen, von Kindern, Freunden, Arbeit. Er hatte schreckliche Lust zu rauchen. Er spürte, daß sie genauso angespannt war wie er und daß sie beide sich darum bemühten, guten Willen zu zeigen.
Eine Viertelstunde hat er Geduld gehabt, dann ist er zum Fenster gegangen, hat sich eine Pfeife gestopft und sie angezündet, wobei er darauf achtete, daß er die Rauchschwaden nach außen blies. Da es sehr kalt war, hat er das Fenster geschlossen. Als er glaubte, daß der größe Teil des Rauches weg sei, ist er wieder zu seinem Sessel gegangen, ganz nahe an der Wand entlang, um ihr nicht zu nahe zu kommen und sie zu stören.
Er hat sich hingesetzt. Er hat sie angelächelt. In kleinen Zügen sog er an seiner Pfeife und stieß den Rauch diskret zur Seite aus. Sie rührte sich nicht. Er dachte, daß das Spiel gewonnen sei.
Doch das war ein Irrtum. Plötzlich ist sie aufgestanden und hat alle Fenster im Zimmer weit geöffnet. Er hat seine Pfeife in der Hand versteckt. Die Kälte ist in die Wohnung geströmt.
Er schaute zur Decke.
Sie ist auf den Flur gegangen, ist dann wieder zurückgekommen

und hat geschrien: »Deine Pfeife stinkt! Als du nicht da warst, haben wir wenigstens nicht gefroren!«

»Dann geh doch!« hat er gebrüllt.

»Das werde ich tun! Seit drei Tagen schaue ich mir die Anzeigen an, um eine Wohnung zu finden!«

Und alles hat wieder angefangen wie vorher.

Zweiter Abend: »Ich suche etwas hier im Bezirk. Das wird einfacher für die Kinder sein.«

»Du wirst die Kinder nicht mitnehmen.«

»Ich werde den Kleinen mitnehmen. Er ist zu klein, um ohne seine Mutter zu leben.«

»Ich werde den Großen behalten.«

Sie schweigt einen Moment und gibt zurück: »Du wirst ihn nicht dauernd haben.«

»Wie oft?«

Sie zögert. Er weiß jedoch, daß sie bereits über die Frage nachgedacht hat. Schließlich wirft sie ihm hin: »Du wirst ihn fünf Tage in der Woche haben. Ich nehme ihn an den zwei anderen Tagen.«

Die Freunde sagen: »Ihr könnt die Kinder nicht trennen.«

Er antwortet: »Ich behalte beide, wenn sie akzeptiert.«

Doch sie akzeptiert es nicht.

Dritter Abend: »Wirst du mir helfen, die Kaution für meine Wohnung zu zahlen?«

Er antwortet nicht.

»Kannst du es mir sagen?«

»Ich habe geglaubt, du wolltest nichts! Livry-Gargan, reicht dir das nicht mehr?«

»Warum sollte ich nach Livry-Gargan ziehen? Nur weil ich zwei Nächte mit meinem Geliebten verbracht habe?«

Er erträgt dieses Wort nicht. Er erträgt es nicht, daß sie es mit diesem mit Provokation vermischten Stolz ausspricht, der ihn ohne mögliche Ausflüchte sehen, ohne ein mögliches Versteck hören und ohne einen Fluchtweg verstehen läßt. Ein Wort, das nicht zu ihrem Wortschatz gehört und das sie ihm hinwirft, als ob er ein anderer wäre, jemand Älterer, mit dem sie eine andere Geschichte erlebt hat und der dieses Wort anders auffaßt als er selber, einfach nur, weil sie es zu ihrem Vater sagen könnte, in genau demselben Ton, mit ähnlichen Betonungen, mit der Frechheit einer Heranwachsenden, die eine Autorität herausfordert und der man mit einer Ohrfeige antworten könnte – was er nie gemacht hat, bei keiner Frau, und was er auch nie tun wird, und das nicht nur, weil er eben nicht ihr Vater ist.

Vierter Abend: »Nun, wenn du alles wissen willst, mit meinem Geliebten ist es aus. Doch ich gehe trotzdem.«

»Warum?«

»Weil ich es satt habe, neben einem Mann zu leben. Ich will mit ihm leben.«

Er versucht zu sprechen, sie zur Vernunft zu bringen, doch es gelingt ihm nicht. Sie ist verstockt, böse, starrsinnig, grausam.

Fünfter Abend: »Kannst du mir sagen, ob du mir Unterhalt für den Kleinen zahlen wirst?«

Er brüllt: »Nein!«

Und sie: »Armer Dummkopf!«

Und er: »Arme Irre!«

Türenschlagend geht er.

Er verschanzt sich hinter der Heftigkeit, denn er kennt keinen festeren Boden, um sich aufrecht zu halten. Er ist nicht im selben Stadium wie sie, in dem er die Ärgernisse, die mit ihrem gemeinsamen Leben verbunden sind, zusammenzählen könnte – was er vielleicht später tun wird, um sich zu verteidigen. Von nun an stärkt ihn die totale Abwesenheit an Zärtlichkeit, an Vertraulichkeit, an Zeichen. Er antwortet auf den Krieg, den sie mit ihm führt, mit denselben groben Waffen und denselben Salven – egal was. Er will diesen Krieg, der seine Wut nährt und ihm so erlaubt, sich nicht aufzuregen. Er will ihn, um sie besser zu hassen. Er will ihn, um sie nicht mehr zu lieben, kein Gefühl mehr, kein Begehren, nicht die geringste Erinnerung, die ihn schwach machen könnte. Und wenn sie durch ein Schweigen oder ein vage liebenswürdiges Wort einen halben Waffenstillstand vorschlägt, verwehrt er ihn. Nie mehr, denkt er. Wenn er vorher alles akzeptiert hat, dann deshalb, weil er den Frieden für möglich hielt. Ich weiß nicht, ich weiß nicht, ich weiß nicht. Jetzt weiß sie. Und er auch. Nun will er sie zwingen, ihren Weg zu Ende zu gehen: brechen, fortgehen, ihm den Großen lassen.

Sechster Abend: »Du schlägst auf mich los, weil ich der einzige Mann bin, auf den du dich stürzen kannst. Ich zahle für alle anderen.«

»Mein armer Freund!«

»Sonst könnten wir uns ohne diese Heftigkeit trennen.«

»Geh. Es wird keine Heftigkeit mehr geben.«

Siebenter Abend: »Ich weiß, was du willst.«

»Du weißt immer alles.«

»Du willst, daß ich gehe«, sagt er.

»Du könntest es ins Auge fassen, ja …«

»Und was danach?«

»Es wäre normal, oder nicht? Warum sollte denn ich gehen?«

Er gerät in Wut: »Du wirst noch alles vergessen! Du wirst mich noch als Schuft darstellen, als den Verantwortlichen für diesen Schlamassel!«

»Ich habe keine Lust, mit dir zu diskutieren!«

»Ich kenne Frauen, die ihren Typen verlassen haben. Doch sie sind gegangen, ohne etwas zu fordern. Du, du willst alles, dein gutes Gewissen inbegriffen!«

Sie geht. Er geht ihr nach. Sie fragt: »Von welchen Frauen redest du?«

Er nennt Namen. Sie schreit: »Du brauchst immer andere! Laß die anderen, wo sie sind! Frag X., was sie davon hält!«

»Und du, stelle die gleiche Frage Y.!«
Wie jedesmal, wenn ihnen die Argumente ausgehen, rufen sie eine höhere Autorität an, die angeblich objektiv ist: ihre Freunde.
»Denkst du daran, dem Großen seine Brotzeit in die Tasche zu stecken?«
»Ja.«
»Er kommt um halb fünf Uhr heraus.«
»Danke.«
»Und vergiß nicht ...«
»Ich bin sein Vater! Ich weiß, was ich zu tun habe.«
»Man fragt sich manchmal ...«

An diesem Morgen messen sie die Zeit ab, die sie den Kindern widmen, wie sie früher die abmaßen, die sie dem Haushalt widmeten. Und ich bin um sechs Uhr da, und du bringst ihn nicht in die Schule, und wer macht ihm sein Frühstück ... Er ist erschöpft.
Er akzeptiert die Vorbildrolle nicht, die sie immer versucht sich zuzuschreiben, wenn sie von den Jungen reden. Er akzeptiert es nicht, wie sie versucht, ihn auf jemanden zu reduzieren, der nur flüchtig bei seinen Kindern anwesend ist. Als noch alles gutging zwischen ihnen, wunderte sie sich dauernd darüber, was für ein *guter* Vater er war. Jetzt, wo alles zusammenbricht, hält sie, so glaubt er, mütterliche Positionen besetzt, die sie angeblich nie mit ihm geteilt hat, und schleudert ihn in den Dreck, in dem die Männer der sechziger Jahre wateten. Als ob allein aus Prinzip, und dann auch noch aus eingeborenem Prinzip, die Mutter alle Kompetenzen hätte, während der Vater nur ein angefügtes Teil ist, das man dem Gebäude der Aufzucht aufgesetzt hätte, um ihn dann seiner wahren Natur zurückzugeben: Desinteresse, Ungeschicktheit, Verantwortungslosigkeit, so daß, wenn die Gefahr der Trennung naht, die Aufgabenverteilung sich vor der Rol-

lenverteilung verwischt und damit die Teilung der Kinder ankündigt.
Sie sind in einem Kaufhaus. Sie wendet sich ihm zu, der fünfzehn Meter hinter ihr geht, und ruft ihn: »Hep!«
Er bleibt stehen.
»Kommst du?«
Er geht weiter. Von nun an wird er keinen Vornamen, keinen Kosenamen, keine intime Identität mehr haben. Er wird Hep sein!
Exliebe, Exliebling, Ex-Mein-lieber-kleiner-Mann, von nun an Hep! So vermeidet sie es, dem Lauf ihrer Geschichte nachzugehen und auf eine zu große Intimität oder im Gegenteil auf das Peitschenknallen zu stoßen, das allein sein Vorname bedeutete, den sie nie benutzte, außer wenn sie mit einem Dritten über ihn sprach.
Hep! Falls der Gebrauch von Kosenamen erlaubt, den Zustand einer Liebe einzuschätzen, dann befindet er sich weit über dem ersten Stadium hinaus.
Eines Abends geht er auf dem Bürgersteig entlang und verliert seine Schlüssel. Irgend jemand dreht sich um und ruft ihm hinterher: »Hep!«
Er bleibt stehen.
»Sie haben etwas verloren ...«
»Ja. Meine Frau.«

Sein erster Film und sein letztes Buch kommen gleichzeitig heraus, der eine im Kino, das andere in den Buchhandlungen. Es müßte ein großer Augenblick sein, doch er ist ganz woanders. Er antwortet auf Interviewfragen, läßt sich zehnmal fotografieren, spricht im Radio, im Fernsehen – doch diese ein wenig ruhmreiche und nicht immer unangenehme Zeit, die der monatelangen einsamen Arbeit folgt, ist ihm egal.

Für das Publikum ist er ein Mann, der aufsteigt. Für sich selber ist er ein Mann, der absteigt. Nach außen hin gefeiert, nach innen gespalten. Er liest nicht einmal die Kritiken über sich, kommt zu spät zu Verabredungen mit Journalisten. Es gelingt ihm nicht, ein Gleichgewicht zwischen den äußeren Feuern und der roten Laterne zu finden, an der er sich verzehrt.

Er sitzt mit V. an einem Tisch, auf dem sich Hunderte von Exemplaren ihres gemeinsamen Buches stapeln. Sie signieren Presseexemplare.

V. sagt: »Du kannst so nicht weitermachen.«

»Warum nicht?«

»Schau nur dein Gesicht an.«

Er ist weiß.

Er hat in zwei Monaten zehn Kilo verloren.

»Nimm dir einen Anwalt und laß dich scheiden.«

Am späten Vormittag kommt seine Frau bei ihnen vorbei. Sie widmen ihr ein Buch. Er schreibt: *Für meine zukünftige Exfrau, von ganzem Herzen*.

V. scherzt mit ihr. Er selber sieht sie nicht an. Er denkt an die anderen vier Bücher, die er während ihres gemeinsamen Lebens veröffentlicht hat. Keines wird er so traurig paraphiert haben wie dieses hier.

Nachdem sie fort ist, sagt V.: »Es geht ihr auch nicht gut. Du solltest versuchen, alles wieder ins reine zu bringen.«
Er wehrt sich.
V.: »Wenn sie gekommen ist, dann weil ihr an dir liegt.«
Er erklärt, daß es seit Anfang an so ist: ein positives Zeichen, ein negatives Zeichen. Er weiß nichts mehr, er kann nicht mehr.
Er stellt die ewige Frage, die hundert Leute schon gehört haben, V. genauso wie alle anderen: »Glaubst du, es ist vergebens?«
V. schüttelt den Kopf: »Ich glaube, daß du es versuchen kannst. Schließt wenigstens Weihnachten wegen der Kinder einen Waffenstillstand.«
Sie gehen zum Mittagessen ins selbe Restaurant, jeder mit einer Freundin. Diese hier mag er besonders. An einem Abend auf einem Fest haben sie dieselben Flaschen, dieselben Tänze, dasselbe Bett geteilt. Sie heißt N. Sie ist witzig, ein wenig zynisch, charmant und sehr schön.
Seit sechs Monaten lebt sie mit einem Mann zusammen. Ihre Nächte der Freiheit fehlen ihr. Sie spielen miteinander, indem sie ihrem Freund eine Note geben: kultiviert (20 von 20 Punkten), humorlos (01/20), kein schlechter Partner (15/20), eifersüchtig (05/20), sehr verliebt (18/20), treu (10/20). Sie teilen Koeffizienten zu, multiplizieren, dividieren dann, erhalten schließlich einen sehr mittelmäßigen Mittelwert: 11/20.
»Soll ich ihn verlassen?« fragt N.
»Noch heute«, antwortet er.
Bei sich denkt er, daß er sich, was seine Frau betrifft, auf dasselbe Spiel einlassen sollte, dann schummelt er und redet sich ein, daß alles eine Frage des Koeffizienten ist und daß er ihr ja doch trotz alledem eine Auszeichnung und die Glückwünsche der Jury zusprechen würde.
Nach dem Essen treffen sie V. wieder, danach kommen andere Freunde, und sie begießen mit dem Wein das Cover des neuen Buches. Sie landen schließlich allesamt in der Rue des Saints-

Pères, nachdem sie eine Kiste Champagner aufgetrieben haben, die sie auf das Wohl der ersten Verleger, die ihnen über den Weg laufen, trinken wollen.
Bei einem von ihnen treten sie ein, dringen in den Raum ein, in dem gerade das Lektorat tagt, unterbrechen die Sitzung und trinken noch einmal auf das Wohl des neuen Buches.
Am späten Nachmittag landen V. und er in einer Bar, wo sie einige Flaschen Bordeaux leeren, wieder auf das Wohl des neuen Buches. V. wiederholt: »Schließ Weihnachten einen Waffenstillstand … Versprich mir, daß du es tun wirst.«
Er verspricht es.
Um achtzehn Uhr rufen sie bei ihrem Verleger an, um sich zu entschuldigen, weil sie an diesem Tag ihre Presseverpflichtungen nicht beenden konnten. Man hat sie überall gesucht. Einer nach dem anderen kommen die Mitarbeiter des Verlegers zur Tür des Cafés herein, um diesem nicht sehr erbaulichen Schauspiel beizuwohnen: zwei Autoren, die den Pauillac ihrer Signierstunde vorgezogen haben.
Als er die Rue des Saints-Pères schwankend auf seinem Motorrad verläßt, wiederholt V.: »Du hast es mir versprochen … Du hast es mir versprochen.«
Im Schrittempo fährt er auf dem Boulevard Saint-Germain dahin. Zwei Polizeimotorräder umzingeln ihn. Er lächelt ihnen zu. Die Motorradfahrer machen ihm Zeichen. Er grüßt sie leicht mit der Hand. Er ist heiter. Einer von ihnen zeigt mit der Hand zum Kopf. Er fährt mit der Hand über seinen Schädel. Er lacht und schreit: »Ich habe keinen Helm! Nein, ich habe keinen Helm!«
Er denkt, daß ohne Helm, aber mit Alkohol die Rechnung stimmt. Trinken oder fahren, er hat sich nicht entschieden. Es ist ihm völlig egal. Wenn sie mich auf der Wache abholen muß, wird meine Frau wohl schon meinen Namen und Vornamen angeben müssen. Hep!

Doch die Motorradfahrer lachen nun auch und verschwinden. Er sagt sich: ein gutes Zeichen.

Zu Hause schläft er eine Stunde. Dann bleibt er bei den Kindern, bis ihre Mutter heimkommt. Er schließt sich mit ihr im Wohnzimmer ein. Er sagt: »Ich muß dir etwas vorschlagen.«

Der Alkohol hat seine Kriegslüsternheit aufgelöst. Er möchte sie darum bitten, zu bleiben und es zu versuchen. Vergessen wir es, und fangen wir noch mal bei Null an. Doch sie kommt ihm so kalt, so eingemauert in ihrem Panzer aus Beton vor, daß er weiß, daß heute nur sein Stolz sprechen wird. Und er erinnert sich, daß sie nie aufgehört hat, wachsam zu sein, wenn er ihr nach einer Szene einen Waffenstillstand vorschlug. Früher konnte sie seine Wutanfälle wunderbar außer Kraft setzen: Sie lachte und machte sich über ihn lustig. Sie hatte ein herrliches Talent dafür, seine Schwächen nicht ernst zu nehmen. Er bewunderte diese ihre Fähigkeit, ihm durch ihren Humor zu helfen, so daß er nicht eine Rolle annehmen mußte, die ihr verhaßt war.

Seit langem schon antwortet sie Maß für Maß. Oder aber sie spielt sich zunächst auf und entzieht sich, sobald er reagiert. Er erträgt es nicht, daß sie ihre Banderillas setzt und sich sodann weigert, ihm das Wort zu überlassen. Er geht ihr in jedes Zimmer nach, und diese Flucht vergrößert seine Erregung, so daß sich schließlich der Grund seines Mißmutes vervielfacht: Da ist der eigentliche Grund, verdoppelt durch die Flucht, verdreifacht durch einen Charakterzug von ihm, den sie ihm vorwirft, vervierfacht durch eine Antwort, die eine neue Salve nach sich zieht, und so weiter mit Beschimpfungen von Tür zu Tür, wo doch beide bereits den Ursprung der Krise vergessen haben.

Doch heute will er Frieden. Er fängt *molto molto* an und wirft einen Köder aus, von dem er hofft, daß sie mit einem Lächeln anbeißen wird: Er ist einverstanden, in jenes Landhaus zu fahren, das sie über Neujahr mieten wollten. Sie rührt sich nicht. Steif

und streng sitzt sie auf dem Sesselrand. Er wirft Ballast ab: »Hören wir auf, uns zu bekriegen.«
Sie antwortet: »Ich bekriege niemanden.«
Er weicht aus: »Seit zwei Monaten versuchen wir auseinanderzugehen, und es gelingt uns nicht.«
Sie stimmt zu.
»Ich schlage dir einen Waffenstillstand vor.«
»Was für einen Waffenstillstand?«
»Über Weihnachten. Wegen der Kinder.«
»Das scheint mir das Minimum.«
Er versucht, eine zusätzliche Woche zu gewinnen. »Weihnachten und Neujahr.«
»Ich bin einverstanden.«
»Danach werden wir sehen.«
»Wir werden sehen, ja.«
Er träumt davon, sich eine Pfeife anzustecken, doch er hält sich zurück. Er lächelt ihr zu. Sie sieht ihn nicht an.
»Ich möchte dir noch etwas vorschlagen ...«
Sie wendet sich zu Dreiviertel im Sessel um. Sie trägt neue Strümpfe und Schuhe. Er sagt: »Deine Schuhe gefallen mir.«
Sie streckt das Bein aus: »Ich habe sie von einer Freundin gekauft. Nicht schlecht, oder?«
»Sie sind super.«
»Vierhundert Francs ... Das ist wirklich nicht teuer. Sie hat sie einmal angehabt.«
»Einmal, das ist nicht viel.«
»Sie sind es wert, nicht wahr?«
»Natürlich! Einmal, also wirklich!«
Sie steht auf.
»Warte! Ich bin noch nicht fertig!«
»Was?«
»Ich habe dir doch gesagt, daß ich dir noch was vorschlagen wollte.«

»Ach ja!«
Sie geht zur Tür und lehnt sich dagegen.
»Hör zu ...«
Er redet mit Mühe. Er möchte, daß sie sich wieder hinsetzt, daß sie ihm nicht so zuhört, zwischen Tür und Angel, bereit wegzugehen.
Er wird sie nicht bitten zu bleiben und zu vergessen: Dann würde sie sofort das Zimmer verlassen. Ich weiß nicht, ich weiß nicht, ich weiß nicht. Er redet drumherum.
»Wir können versuchen, die Trennung zu verschieben. Nur wegen der Kinder.«
Sie beobachtet ihn sehr aufmerksam.
»Wir haben immer gesagt, daß wir nicht wegen der Kinder zusammenbleiben würden, aber wir sind ihnen doch wenigstens einen Versuch schuldig. Das ist die minimale Großzügigkeit. Glaubst du nicht?«
»Ich weiß nicht.«
»Versuchen wir, zusammen zu leben, nur einige Monate. Sagen wir, bis Juni. Wenn wir es schaffen, ist es sehr gut. Wenn nicht, werden wir uns in Ruhe scheiden lassen.«
»Du in Ruhe?«
Er reagiert nicht.
»Wenn wir es in sechs Monaten nicht schaffen, werden wir wissen, daß der Bruch unvermeidlich ist. Dann werden wir uns mit Würde, und ohne schmutzige Wäsche zu waschen, trennen. Was hältst du davon?«
Sie betrachtet ihn immer noch. Er blickt ihr gerade in die Augen.
»Nun?«
»Ich werde darüber nachdenken.«
Und sie geht hinaus.
Er steckt sich seine Pfeife an.
Weder am nächsten noch am übernächsten Tag, noch an den

folgenden Tagen gibt sie ihm eine Antwort. Doch am Abend vor Weihnachten sagt sie: »Ich habe das Paar Ohrringe kaputtgemacht, das du mir zu Ostern geschenkt hattest. Wenn du die gleichen noch mal findest ...«
Er findet sie natürlich noch einmal. Er wäre bis ans Ende der Welt gegangen, um sie zu finden!
Er ruft alle seine Freunde an und sagt: »Sie hat mich um ein Paar Ohrringe gebeten. Man bittet keinen Mann um Ohrringe, den man verlassen will ... Sie wird bleiben.«
Er denkt: Sie gibt mir die sechs Monate, die ich gefordert habe. Wenn sie sechs Monate bleibt, dann akzeptiert sie es, zurückerobert zu werden. Wenn sie es akzeptiert, zurückerobert zu werden, werde ich sie erobern. Wenn ich sie erobere, rette ich meine Familie. Ich habe gewonnen!
Euphorisch macht er seine Weihnachtseinkäufe. Champagner für Maman, Champagner für Papa, Geschenke für alle möglichen Leute! Sie will, daß man die Geschenke morgens und nicht abends verteilt? Dann wird man es eben morgens machen! Und am nächsten Tag will sie ihre Freunde einladen? Sie sind willkommen! Sie schmückt den Baum ohne ihn, allein mit den Kindern? Er verdaut seine Enttäuschung und gerät vor den Kugeln und den Girlanden aus dem Häuschen. Er gibt überall nach. Ja, er denkt, daß er seine Familie gerettet hat.
Am Vierundzwanzigsten abends verzichtet er auf sein Lexomil. Doch sie ist traurig. Weihnachten ist düster, wie eine Tanne, deren Äste herabhängen. Sie tun so, als feierten sie, doch sie sind nur in sich selbst zurückgezogen. Sie gesteht ihm, daß sie ihre Geschichte mit dem anderen Mann verarbeiten muß, was nicht einfach ist. Er versteht. Er versteht alles. Er zeigt sich zärtlich, doch nicht besitzergreifend. Er vermeidet es, sie zu umarmen. Nachts berührt er sie nicht. Er sieht sie an, er liebt sie, sie wird zu ihm zurückkommen. Er träumt davon, sie in die Arme zu nehmen wie ein kleines Mädchen.

Sie gehen wieder ins Kino. Er sitzt auf seinem Platz mit verschränkten Armen. Großzügig verzichtet er darauf, ihre Hand zu nehmen. Doch er schafft es, daß ihre Schultern sich berühren, um ihr zu zeigen, daß er da ist. Und er streckt die Finger der rechten Hand aus, die auf seinem linken Unterarm ruhen, damit sie sie ergreifen kann, falls sie zufällig daran denken sollte.
Und sie denkt daran! Es ist nur ein leichtes Streifen, aber immerhin. Ihm ist warm. Ihm geht es gut. Er beugt sich zu ihr und fragt leise: »Glaubst du, daß wir uns eines Tages wieder lieben werden wie vorher?«
Sie sagt: »Ja.«
Er träumt davon, sie wie ein junges Mädchen zu nehmen.

Sie fahren in die Normandie, in das Landhaus. Dort treffen sie G., B. und ihre zwei Töchter wieder. G. und B. wissen alles über ihre Schwierigkeiten. Doch sie sind diskret. Einmal sagt G. in bezug auf ihren Gefährten: »Er erträgt solche Situationen nur schwer.«
Und B., der G. schützt: »Sie redet nicht gerne davon ...«
Er verbreitet sich nicht weiter darüber. Er spricht das Thema nur einmal gegenüber B. an. Sie sind allein im Auto, und er fragt: »Glaubst du, daß wir es schaffen werden?«
B. antwortet: »Ich weiß es nicht.«
Diese Antwort schnürt ihm den Magen zu. Denn er hat viel Vertrauen zu B. B. geht die Probleme immer theoretisch an, mit einer Distanz, die derjenigen ähnelt, die er selber gegenüber seinen Figuren aufrechterhält. G. ist ähnlich. G. ist Schriftstellerin. Sie spricht von B., schützt ihn und liebt ihn, wie sie es zweifellos auch mit den Gestalten macht, die sie erschafft. Und ihr Gefährte ebenfalls, obwohl er nicht schreibt.
Jedesmal, wenn er das Bedürfnis verspürt, eine schwierige Situation zu entwirren, wendet er sich an G. und B. Und immer hört er auf sie.

An diesem Tag, im Auto, nachdem B. ihm geantwortet hat, daß er nicht weiß, ob sie es schaffen werden, spricht er noch einmal von den letzten Entwicklungen der Krise, betont die Aspekte, die ihm gewogen sind, und geht schnell über die anderen hinweg. Dann stellt er noch einmal die Frage: »Glaubst du, daß wir es schaffen werden?«

Und B., der sich nicht täuschen läßt: »Zweifellos.«

»Nur zweifellos?«

»Ich kann nicht alles wissen …«

»Aber doch! Ich habe dir alles gesagt!«

»Dann ja. Ich glaube, daß ihr eine Chance habt, es zu schaffen.«

Sie schweigen einen Augenblick, dann wirft er wieder die Würfel, die er leicht gefälscht hat, doch diesmal ist er ehrlicher: »Es wird lange dauern …«

»Wie lange?«

Schweigend fahren sie weiter.

Das Landhaus liegt eingezwängt zwischen einem ähnlichen Haus und einem weiteren im selben Stil, die wiederum neben anderen Landhäusern der gleichen Art liegen, und die Gesamtheit dieser Landhäuser im gleichen Stil bildet ein Erholungszentrum für leitende Angestellte der gleichen Art.

Jeden Morgen gehen die leitenden Angestellten der gleichen Art zum Bäcker und kaufen Croissants der gleichen Art, dann rennen sie mit Frau und Nachkommenschaft los und planschen in einem Riesenschwimmbecken mit Sprudelbad, künstlichen Wellen, Rutschen, Wasserbars, kitschigen Bäumen, quäkenden Kindern und hartnäckigem Chlorgeruch. Um dorthin zu gelangen, muß man das Freizeitzentrum durchqueren, eine Art Einkaufspassage, in der es Pizzen, Hühnchen mit fetten Pommes frites und Eis mit Sahne gibt und eine leise Musik erklingt – *Der Frühling* von Vivaldi, die *Wassermusik* von Händel und, an guten Tagen, das *Dritte Brandenburgische Konzert* von Bach; diese

Passage öffnet sich zu den Sporteinrichtungen des Ortes: Tischtennis, Tennis, Squash, Aerobic und ähnliches.
Der Horror zu viertausend Francs die Woche.
Sie sagt: »Es ist gut für die Kinder.«
Er stimmt zu.
Voller guter Vorsätze begleitet er sie überallhin, schwimmt mit dem Großen, spielt mit dem Kleinen im Planschbecken und findet endlich seine Frau in dem gemeinsamen Blick wieder, den sie für die Sache haben. Diese Zeit erinnert sie an eine andere, als sie vor drei Jahren mit einem befreundeten Paar in einen tunesischen Club gefahren waren, in dem die Aktivitäten nicht viel anders waren, nur noch vielfältiger: Die freundlichen Teilnehmer besoffen sich in Gruppen, aßen in Gruppen und versuchten in Gruppen die Frauen zu vergewaltigen. In Gruppen der gleichen Art.
Sie hatten eine Spazierfahrt in einem Eselskarren gemacht, und da es ihm widerstrebte, es sich hinten bequem zu machen, während vorne ein armer Bauer das Tier vorwärts lenkte, hatte er darauf bestanden, sich neben den Kutscher zu setzen und so eine völlig lächerliche Solidarität mit der arbeitenden Klasse zu bekunden.
Eine Woche nach ihrer Ankunft reisten sie mit dem ersten Flugzeug wieder ab.
Wenn sie auch immer in grundsätzlichen Dingen einverstanden waren, so ist doch die Normandie nicht Tunesien. Selbst wenn sie sich gemeinsam über die radelnden leitenden Angestellten lustig machten, wie sie es früher über die Schönlinge in körperanliegenden Trikots taten, so sind sie doch nicht mehr zusammen. Nun gehen ihre Meinungen auch über Grundsätzliches auseinander. Beide sind traurig, doch aus unterschiedlichen Gründen: Sie leidet unter der Abwesenheit des anderen Mannes, er unter ihrer geistigen Abwesenheit. Er möchte, daß sie die Scham besäße, ihre Pein nicht seinem Blick auszuset-

zen, und begreift gleichzeitig, daß ihr das unmöglich ist. Er fühlt sich tief in seinem Herzen getroffen. Zum erstenmal empfindet er echte Verachtung für den anderen Mann. An manchen Tagen hat er den Wunsch, sich zu erheben, um ihn zu bitten, doch die Tragweite seiner Taten und Worte abzuschätzen. Denn durch ihn wird er alles verlieren. Alles, seinen Kopf inbegriffen.
Sie verliert ihren Kopf noch nicht, selbst wenn ihr Kopf anderswo ist. Und ihre Wut kommt zurück. Die Tatsache, daß sie ihren Schmerz so ausdrückt, ist für ihn das gleiche, als würde sie den anderen vor seinen Augen umarmen. Man kann dem anderen seinen Kummer nur dann so gut zeigen, wenn der andere der Grund für diesen Kummer ist. Sonst geht man hinaus.
Abends vermeidet er es, gleichzeitig mit ihr zu Bett zu gehen. Und wenn er zu ihr geht, schläft sie schon, das Gesicht in den Händen vergraben und die Beine angezogen. Er betrachtet sie, berührt ihre Haut, sie seufzt, er geht ins Nachbarzimmer zurück. Und denkt traurig: Wenn sie keine Geste mehr für mich übrig hat, werde ich sie verlassen.
Er wird sie verlassen, er muß es tun, da er nicht leben kann, ohne daß eine Frau ihm gibt, was sie ihm verweigert.
Sie hat ihn entwaffnet. Er muß sich neu bewaffnen.
Sie sagt: »Du bist der Mensch, den ich auf der Welt am meisten liebe.«
Er denkt, daß sie sich zärtlich lieben. Daß die leidenschaftlichen Liebesbeziehungen immer zu zärtlichen werden – oder zu Asche. Wenn er der Mensch ist, den sie auf der Welt am meisten liebt, dann ist er die Glut. Die Hitze der Glut ist tiefer, dichter und andauernder als die Lebhaftigkeit der Flamme.
Er fragt: »Wenn ich der Mensch bin, den du am meisten auf der Welt liebst, warum lieben wir uns dann nur noch gegen deinen Willen im Bett?«
Sie antwortet: »Du bist der Mensch, den ich auf der Welt am

meisten liebe, aber ich habe keine Lust, mit dir die Liebe zu praktizieren.«

»Wird das so bleiben?«

»Ich weiß nicht.«

»Neulich, im Kino, habe ich dir dieselbe Frage gestellt. Du hast gesagt, daß wir es wieder tun würden.«

»Einen Tag denke ich dies, den anderen das.« Unschuldig fügt sie hinzu: »Viele Paare leben zusammen, ohne miteinander zu schlafen.«

Er schließt in endgültigem Ton: »Ich nicht.«

Er denkt: Ich sollte nicht mit ihr schlafen. Ich *darf* nicht mit ihr schlafen.

Doch er schafft es nicht. Wenn sein Körper neben ihrem liegt, ist er beruhigt. Wenn sie sich nicht mehr umarmen werden, wird ihre Geschichte beendet sein. Er nimmt sie, da sie ihm nicht die Arme öffnet.

Sie sagt: »Such dir doch eine Freundin!«

Er dankt ihr im stillen für diese gutgezielte Spitze.

Er denkt: Um sie zu behalten, darf ich nicht mit ihr schlafen. Um nicht mit ihr zu schlafen, soll ich mit anderen schlafen.

So klammert er sich im Zuge der unmöglichen Dinge, die sie ihm auferlegt, sehr langsam an eine neue Wirklichkeit.

Er weiß jetzt, daß der Waffenstillstand nicht dauern wird. Sie spielen nicht mehr. Von diesem Tag an, dem ersten Januar, vollziehen sie den Bruch.

Happy new year.

Als er wieder in Paris ist, wartet er sieben Tage. Und da sich in den sieben Tagen nichts verändert, ruft er eine Freundin an, lädt sie zum Essen ein und verbringt eine wunderbare Nacht mit ihr.
Er hätte um drei Uhr morgens heimkommen können, doch er beschließt, erst um sieben zu kommen. Um die Parallele aufzuzeigen.
Sie stellt keine Fragen. Keine. Es ist ihr egal, was er getan hat. Und er fühlt sich besser: wegen der wunderbaren Nacht.
Er glaubt, daß er keine Lust mehr hat, alles zu tun, damit ihre Geschichte weitergeht. Sie entzieht sich ihm so sehr, er hat so viel gekämpft, und vergeblich gekämpft, daß er nun das Vorhandensein einer anderen Stimme zugibt. Er denkt: Vielleicht bin ich heute an dem Punkt angelangt, an dem sie vor drei Monaten war.
Sie ruft vor ihm S. an. Sie spricht (laut) von einer Freundin, die allein lebt, nachdem sie ihren Mann verlassen hat. Sie sagt: »Ich habe sie vorgestern getroffen. Sie ist in Hochform: schön, frei, glücklich. Sie ist um zehn Jahre jünger.«
Er denkt: kleine Schlampe.
Als sie aufgelegt hat, sagt er: »Ich habe sie gestern gesehen. Ich habe sie scheußlich, fett, sogar häßlich gefunden.«
Sie denkt: kleines Scheusal.

Er ist mit V. zusammen. Sie gewähren einem Journalisten ein Interview. Es kommt eine Fotografin, die er kennt. Sie sagt: »Ich habe gerade deine Frau gesehen. Sie ging mit einem Mann die Straße entlang. An deiner Stelle würde ich mir Gedanken machen.«
Er verschließt sich. V. beantwortet die Fragen für beide. Nach

der Unterhaltung sagt V. zu ihm, als sie die Rue de l'Ancienne Comédie entlanggehen: »Mach keine Dummheiten.«

Er kehrt nach Hause zurück und ruft seine Frau an. Er fragt: »Wer war der Mann?«

Sie antwortet: »Ich weiß nicht.«

Er sagt: »Du gehst auf der Stelle!«

Am Abend wartet er im Wohnzimmer auf sie. Sie kommt heim. »Ich habe dir gesagt, daß das mit dem anderen Mann vorbei ist. Nur weil wir uns sehen …«

Er wiederholt: »Du sollst gehen.«

Sie nickt: »Einverstanden. Laß mir nur noch ein paar Tage.«

Sie geht auf die Tür zu, dreht sich zu ihm um und fügt leicht diabolisch hinzu: »Aber ich gehe mit meinen beiden Kindern.«

Er steht hinter ihr auf.

»Das sind nicht *deine* Kinder. Das sind *unsere* Kinder.«

»Natürlich. Doch ich nehme sie mit.«

»Warum?«

»Weil ich ihre Mutter bin.«

»Und ich«, schreit er, »bin ihr Vater!«

»Das ist kein Grund«, sagt sie mit einem sonnigen Lächeln.

Er ist völlig am Boden zerstört.

Er ruft R. zu Hilfe. R. führt ihn zum Essen aus. Danach gehen sie drei Stunden an den schwarzen Wassern des Kanals Saint-Martin entlang. Es regnet heftig, beide tragen als Regenschutz ihren Helm. Sie betrachten weder die Brücken, noch die Schiffe noch die verrosteten Gitter. Der bleiche Pinsel der Straßenlaternen lenkt ihre Schritte.

Er sagt: »Ich werde meine Kinder verlieren.«

»Du wirst sie nicht verlieren.«

»Doch. Sie wird den Alltag haben und ich die Ausnahme.«

»Du wirst sie bei dir zu Hause sehen, besser und in einer anderen Beziehung.«

»Ich werde ein Verwöhnvater sein.«

»Du wirst immer ihr Vater sein.«

»Seit fünf Jahren bringe ich den Großen ins Bett, ich decke ihn zu, ich erzähle ihm Geschichten. Diese Zeit ist vorbei. Vorbei!« Er dreht sich zu R. um, R. der seine Tochter abgöttisch liebt und dem er sich so nahe fühlt, so nahe als Freund, aber heute abend als Vater, denn R. kann auch am Fuße des Bettes seiner Tochter einschlafen. Und er fragt: »Könntest du ohne dein Kind leben?«

R. schüttelt den Kopf.

»Man liebt sie wie Frauen, und man kann sie uns entführen, weil wir Männer sind.«

Am nächsten Tag wird er im Bad zu seiner Frau sagen: »Wenn du mir den Großen nimmst, bringe ich dich um.«

An einem anderen Tag: »Du demütigst mein Herz.«

»Und du demütigst meinen Körper.«

»Warum?«

»Weil es demütigend für eine Frau ist, mit einem Mann zu schlafen, den sie nicht mehr begehrt.«

»Ich habe niemanden gedemütigt, und ich werde dich nicht mehr berühren.«

Seitdem hat er keine Nacht, keinen Tag, keine Stunde mehr bei ihr geschlafen. Und plötzlich hat er sie nicht mehr begehrt.

Da sie nicht daran dachte, hat er sie gebeten, nicht mehr nackt vor ihm herumzuspazieren. Und methodisch macht er sich von nun an daran, nacheinander die Äste ihres alten Baumes abzuschneiden.

Er erträgt es nicht, daß man von ihr sagt: »Sie ist schön, sie ist sympathisch.« Er möchte, daß man sie haßt. Es zählt nur noch die Struktur, die die ihre war, die Familie, die zerbrechen wird, durch ihre Schuld.

Am siebenundachtzigsten Tag nahm sie einen Whisky mit Perrier, setzte sich in einen Sessel und sagte: »Ich werde mit dem anderen Mann leben.«

Er rührte sich nicht. Er dachte, daß dies zweifellos das Ereignis wäre, auf das sie wartete, das nicht von ihm abhängen würde und von dem sie ihm in Le Touquet erzählt hatte. Er war ganz ruhig.

»Wir suchen eine Wohnung.«

»Und die Kinder?«

»Sie kommen mit uns.«

Dieses *uns* war ihm verhaßt.

»Vielleicht könntest du ihnen diesen Wirbel ersparen.«

»Welchen Wirbel?«

»Leb zuerst allein, damit die Trennung nicht zu schmerzhaft wird. Dann wirst du zu dem anderen Mann ziehen.«

»Nein. Ich habe mit dem Großen geredet. Es gibt keine Probleme.«

Er ließ sie nicht aus den Augen, war plötzlich wie betäubt.

»Du hast mit ihm gesprochen?!«

»Schockiert dich das?«

»Ja. Und wie.«

Er empfand keine Wut. Nur eine Riesenübelkeit. So etwas wie Ekel.

Er stand auf, ging zu dem Brett, das in der Wohnung als Schreibtisch diente, nahm seinen Ehering ab und warf ihn auf den Tisch. Dann wandte er sich zu ihr und fragte: »Was genau hast du dem Großen gesagt?«

»Daß er mit einem anderen Mann und seiner kleinen Tochter leben wird … Er war sehr froh.«

Er dachte, daß sie den Kopf verloren hatte. Daß der andere sie dazu gebracht hatte, den Kopf zu verlieren.

Einige Tage lang versuchte er, die Bilder zu verdrängen. Doch es gelang ihm nicht. Der Kleine, wie er bei einem Unbekannten aufwuchs. Der Große, wie er mit dem kleinen Mädchen spielte. Er selber, wie er an die Tür *ihres Zuhauses* klopfte, um seine Kinder abzuholen. Sie, wie sie ihn empfing, liebenswürdig und kühl, ganz Hausfrau in ihrem neuen Leben; sie rief die Kinder, damit

sie ihren Vater begrüßten. Und ihr Vater, wie er allein lebte, ziemlich elend gegenüber dieser braven und festgefügten Struktur; er führt seine Jungen abends zu McDonald's aus und bei Regen in den Luxembourg. Der Große wäre ein ungeschickter Tröster. Der Kleine würde nicht begreifen, wer dieser Mann ist, den sein Bruder Papa nennt. Sie würden bitten, zu ihrer Mutter zurückzukehren, wegen der Spielsachen, wegen des kleinen Mädchens, weil sich dort nun ihr *Heim* befindet. Hep!
Er dachte: Meine Kinder werden mich vergessen.
S. und R. sagten zu ihm: »Niemals. Du bist ihr Vater.«
Er schrie: »Ich werde sie verlieren! Sie werden aus meinem Leben verschwinden!«

Dann ging er zu einer Anwältin. Er wählte eine Frau, weil er dachte, daß es für sie leichter wäre, wenn sie sich im gegenseitigen Einverständnis scheiden ließen. Er will keinen Krieg mehr. Er will einen Frieden ohne offene Wunden. Er will ganz vernünftig seine Kinder.
Er fragt: »Könnte ich das Sorgerecht für meine Jungen bekommen?«
Und die Antwort: »Nein.«
»Warum nicht?«
»Wenn die Kinder jünger als zehn Jahre sind, vertrauen die Richter sie immer der Mutter an. Außer wenn diese eine notorische Prostituierte ist.«
»Ich habe keine Mittel?«
»Doch.«
Er hat mehrere. Die einen so ekelhaft wie die anderen und auf jeden Fall ungewiß. Auf keinen Fall ist das seine Sprache, und auch nicht die seiner Frau, selbst wenn es um die Kinder geht.
Er beschließt, sich abzufinden.
Am Abend sagt er zu ihr: »Ich war bei einer Anwältin. Wir können zusammen zu ihr gehen, wenn du willst. Was die Kinder an-

geht, mache ich dir einen Vorschlag: Der Kleine wird bei dir leben und der Große bei mir. Wir hätten gegenseitig das Besuchsrecht und würden die elterliche Gewalt teilen.«
»Was heißt das?«
»Die Kinder bleiben unser beider Kinder. Offiziell wohnt der eine bei dir und der andere bei mir. In Wirklichkeit beschließen wir gemeinsam über den Ort, an dem sie leben, und über die Häufigkeit der Besuche.«
Sie zögert lange. Dann: »Einverstanden. Unter einer Voraussetzung: daß sie niemals die Bedingungen dieses Handels erfahren.«
Er antwortet: »Natürlich.«
Er hatte gehofft, alle drei zu behalten, dann die zwei, dann den einen, und es blieb ihm nur ein halber. Doch das war schon viel. Er dachte: verdammte Gesellschaft.

Er sieht sie nicht an. Nie mehr. Sie ist zu schön. Er erträgt diesen harten Ausdruck nicht, den sie ständig zur Schau trägt, und weniger noch ihr manchmal strahlendes Lächeln, die Klarheit ihres Blicks, alles Dinge, die ihn zum Schmelzen brächten, wenn er sich daran klammerte, deshalb sieht er sie nicht an, wenn er mit ihr redet, er wendet den Blick ab, wenn er an ihr vorbeigeht, er geht in ein anderes Zimmer, wenn sie dort ist, wo er sich aufhält. Dabei ist ihm klar, daß auch er die giftige Blume der Trennungen kultiviert und daß er sie so gut kultiviert, daß sie sicher niemals mehr zurück können auf das Feld ihrer alten Liebe. Doch das ist ihm egal. Er hat es bis hierher versucht. Nun kann er nicht mehr.

Er verbringt seine Abende außerhalb. Er trifft sich mit Frauen. Er treibt die Anmacherei bis zum äußersten. Er verspricht Reisen, und er will sie auch machen, er verabredet sogar ein Datum. Er schafft sich Bezugspunkte, die er braucht. Er versucht in der Luft Inselchen zu erbauen, die ihm den festen Boden ersetzen, von dem er vertrieben wurde. Schließlich verwechselt er alles: die Vornamen, die Geschichten der einen mit denen der anderen, was er hier gesagt und dort ausgelassen hat ... Und diese Frauen sind wunderbar, denn sie helfen ihm. Sie helfen ihm, ohne etwas zu fordern. Sie sind liebenswürdig, sie sind zärtlich, sie sind großzügig. Er liebt sie mit oder ohne Eis.

Er schläft immer nur zu Hause. Er will für die Kinder da sein. Wenn er nach Hause kommt, oft erst in der Morgendämmerung, schiebt er sein rollendes Bett in das Zimmer des Großen, nimmt das Kopfkissen mit, das sie wohlweislich vor der Tür ihres ehemaligen gemeinsamen Schlafzimmers gelassen hat, und schläft, schwer vom Whisky, ein.

Er spürt an der linken Hand eine Leere: geschaffen durch den abgezogenen Ehering. Manchmal wandert sein Daumen zum Ringfinger und findet dort nichts. Wenn er sich die Hände wäscht, reibt er sich die Haut, aber niemals mehr den Ring ab.
Er denkt: Wir waren genauso schnell in unserer Liebe wie in unserer Trennung.
Er wirft verstohlene Blicke auf ihre linke Hand. Wenn sie seine Ringe von der linken Hand abgestreift haben wird, werden die Schmuckstücke bleiben, die er ihr zur Geburt der beiden Kinder geschenkt hat: an der rechten Hand die drei Goldstücke von Van Cleef & Arpels; am linken Handgelenk die Cartier-Uhr.
Er wird sehr leiden an dem Tag, an dem sie den Aquamarin ihrer Begegnung und den Goldring ihrer Heirat abnehmen wird.
Tagsüber widmet er sich ganz den Kindern. Dem Großen wie dem Kleinen.
Sie stichelt: »Du hast dich sonst nie um den Kleinen gekümmert. Da mußte erst diese Krise kommen, damit du ihn endlich entdeckst.«
Er antwortet: »Vaterschaft bemißt sich nicht nach der Anzahl der Gesten.«
Er hat den Vornamen seines Sohnes ausgesucht, er ist der Vater seines Sohnes, als solchen hat er sich immer gesehen. Und er denkt immer wieder, und immer mit Schrecken, daß mit elf Monaten dieser Sohn für sehr lange Jahre aus seinem Leben verschwinden wird. Er denkt, daß er ihm nicht das Laufen beibringen wird. Er denkt, daß er ihm nicht das Sprechen beibringen wird. Er denkt, daß er ihn nicht wird groß werden sehen. Er sagt sich, daß er sich niemals mit diesen Krumen begnügen wird.
Der Große leidet. Er sagt: »Ich werde eine *Scheiderei* machen« anstatt: »eine *Schweinerei*.« Als er mit seiner Mutter beim Kinderarzt ist und dieser ihn fragt, wie es ihm geht, antwortet er: »Mir geht es gut … Wenn es nicht diese Scheiß-Scheiderei gä-

be.« Zu seinem Vater: »Papa, du bist doch schlau wie Robin Hood, warum findest du keine Lösung?«

Am Mittwoch klammert er sich an seinen Vater und weint, als dieser geht. An einem Nachmittag, als er vom Mittagessen heimkommt, findet er seinen Sohn der Länge nach auf dem Bett, weiß im Gesicht und über Bauchschmerzen klagend.

Er erinnert sich. Als sein Vater vor achtundzwanzig Jahren den gemeinsamen Haushalt verließ, legte er sich ins Bett und weigerte sich stundenlang, jemanden zu sehen. Er behauptete, Bauchweh zu haben. Er hatte kein Bauchweh. Ihm tat alles weh.

Er legt sich neben seinen Sohn und schließt ihn in die Arme. Am Vorabend sagte die Mutter in bezug auf einen anderen Schmerz: »Er erpreßt uns mit der Scheidung; nimm ihn nicht ernst.« Es gelingt ihm nicht. Seinem Kind geht es schlecht, wie es ihm einst schlechtging. Also trösten sie sich. Sie trösten sich gegenseitig.

Am Ende des Tages ruft die Mutter an. Er ist wütend. Er schreit: »Hau endlich ab! Wenn du es nicht für mich tust, dann tu es wenigstens für die Jungen! Seit vier Monaten weißt du nichts und läßt uns dein Gift ertragen!«

Die Mutter legt wortlos auf.

Zornig denkt er: Sie ist noch da, bequem in ihren Zimmern, wartet darauf, daß der andere Mann und sie ein Heim gefunden haben, in dem sie mit den Kindern leben wird, die sie mir genommen hat.

Er kehrt in das Zimmer seines Sohnes zurück. Dieser liegt immer noch im Bett. Er sagt kein Wort.

»Steh auf«, sagt der Vater.

»Warum, Papa?«

»Wir kaufen Spielzeug.«

Das Kind sagt, es kann nicht laufen. Sein Vater zieht es an, nimmt es in die Arme und bringt es in ein Spielwarengeschäft. Er kauft nicht seinen Sohn. Er kauft Spielzeug für seinen Sohn.

Am Abend erklärt die Mutter: »Wir haben wahrscheinlich eine Wohnung gefunden.«
Und sie beschreibt: sehr groß, sehr schön, sehr hell, sehr teuer, in der Nähe der Parks, man wird so schnell wie möglich einziehen, die Kinder werden sich freuen.
Später rollt sie das Bett ins Wohnzimmer neben die Wiege des Kleinen. Sie sagt: »So kannst du in deinem Zimmer schlafen.«
Er weigert sich: »Ich bleibe bei meinem Sohn.«
Eines Morgens hört er die Mutter zum Großen sagen: »Du mußt nett zu Papa sein. Sonst meckert er mich wieder an.«
Und an einem anderen Morgen, als sie mit dem Kind schimpfte und dieses erwiderte, es werde zu seinem Vater gehen: »Du wirst dich daran gewöhnen müssen, deinen Papa weniger zu sehen.«
Er war im Bad. Er lächelte böse. Ganz leise sagte er: »Die Hälfte der Zeit.«
Wenn der Große ungezogen zu seiner Mutter ist, ist er insgeheim so etwas wie froh. Doch er schämt sich. Mittwoch, nachdem sie fort ist, zeigt er aufs Telefon und sagt zu dem Kind: »Ruf Maman an. Sag ihr etwas Nettes.«
Nacheinander verschwinden die Freunde. Sie haben begriffen, daß sie nicht mehr helfen können, und sie warten nun auf das Ende. Sie überlassen sie beide ihrer Totenwache. Sie haben recht. Wir riechen nach Leiche, denkt er.
Eines Abends erhält er einen Anruf von E. und F., die er seit langem kennt. Er informiert sie über die wahrscheinliche Trennung. Sie laden ihn zum Essen ein. Als er bei ihnen ankommt, sagt F.: »Es werden noch andere Freunde da sein.«
Eine halbe Stunde bleiben sie zu dritt. Die ersten zwanzig Minuten reden sie von diesem und jenem. Danach und nur weil das Gespräch allmählich zu diesen Horizonten gewechselt ist, sagt E.: »Ich möchte dich nicht zwingen, von deiner Trennung zu sprechen, aber …« Und er geht direkt zu der Krise über, die er und F. vor einigen Jahren durchgemacht haben. F. liefert die

Gegenrede, und er wohnt verblüfft einem Austausch von Erinnerungen zwischen ihnen bei. Sie werfen sich freundliche Bälle zu, deren Flug er stumm verfolgt.

Um neun Uhr kommen die anderen Gäste, man setzt sich zu Tisch, man plaudert, man trinkt das letzte Glas, dann geht jeder seinen Weg, ohne daß E. und F., die doch enge Freunde sind, ihm auch nur eine Frage über die Veränderung seines Lebens gestellt hätten.

Auf dem Rückweg denkt er: Ich mache angst.

Sich das neue Leben vorzustellen, das er nach seinem Weggang führen wird, bringt ihm einigen Trost. Er wird Frauen verführen und Feste geben.

Feste gibt er, und das Verführen gelingt ihm. Doch sein neues Leben kann er nicht organisieren, weil sie wie eine schwatzhafte und grausame Präsenz noch da ist.

Manchmal jedoch stellt sich zwischen ihnen eine zerbrechliche Ruhe ein. Eines Tages begleitet sie ihn zu Dreharbeiten beim Fernsehen. Sie macht es eher für ihn als für sich: Sie weiß, wieviel Angst er hat, wenn er zu einer literarischen Sendung eingeladen ist.

Zusammen kommen sie im Studio an. Sie nimmt seinen Arm. Sie empfinden Zärtlichkeit füreinander. Er denkt: Wenn es nur *danach* genauso sein könnte!

Als sie heimkommen, sagt sie: »Ich mag es nicht, wenn du so heftig bist. Du bist viel intelligenter als die Reden, die du hältst, wenn du wütend bist. Ich mag dich so lieber, da ich weiß, wie du bist.«

Er antwortet nicht. Sie will alles. Weggehen und daß er zusieht, wie sie alles zerstört, woran ihm am meisten liegt, mit dem Lächeln und der Intelligenz oberflächlicher Menschen.

Er entzieht ihr seinen Arm.

Seine Mutter rief an. Er konnte die Ankündigung der Trennung nicht mehr aufschieben.

Er gestand ihr alles.
Zuerst sagte sie: »Ihr habt euer Spiel ja gut verborgen.« Dann erkundigte sie sich nach dem Befinden der Kinder. Sie war von beispielhafter Diskretion, wie immer. Sie sagte nur: »Ich verstehe nicht, daß sie den Kleinen gewollt hat. Eine Krise wie diese, die alles innerhalb von vier Monaten kaputtmacht, kommt von viel weiter her.«
Später werden sie von der Vergangenheit sprechen.
Dann wird er begreifen, daß diese ausschließliche Beziehung, die er mit dem Großen unterhält, vielleicht auch von seiner eigenen Geschichte herrührt, aus dem Wunsch, mit seinem Sohn die Bindung herzustellen, die er mit seinem Vater nicht geschafft hat, trotz all seiner Versuche. Das erste beachtenswerte Ereignis, als er zehn war: als er allein und ohne die geringste Beeinflussung beschloß, dem Verlierer der Geschichte, seinem Vater, zu folgen, dessen Schmerz ihn aufgewühlt hatte.
In seinen Erinnerungen als Erwachsener sieht er außer diesem Schmerz nichts, weder Zärtlichkeit noch Intimität, die eine Entscheidung von so großer Bedeutung hätte rechtfertigen können. Bevor er sich entschied, mit ihm zu leben, war sein Vater eine Hand, die auf dem Hintern die rote Spur des väterlichen Eisens hinterließ. Und das ist wahrscheinlich auch der Grund, warum er niemals streng zu seinen Kindern gewesen ist: weil er nicht wie sein Vater sein wollte. Weil er sich immer gegen diese Autorität aufgelehnt hat, die ihm grausam und ungerecht vorkam. *Das* wollte er nicht reproduzieren.
Und er wird schließlich denken, daß, wenn er sich so gut vorstellen konnte, allein mit dem Großen zu leben, ohne dessen Bruder, dann deshalb, weil er mit seinem eigenen Sohn das noch einmal tun wollte, was er selber getan hatte, und weil er annahm, daß seine Kinder nicht mehr unter der Trennung voneinander leiden würden, als er unter der von seinem Bruder und seiner Schwester gelitten hatte. Wenn er das begriffen haben

wird, wird er alles geschehen lassen. Denn er hat sich niemals als ein Beispiel gesehen, dem man folgen muß.

An diesem Tag warf ihm seine Mutter nicht vor, daß er ihr erst so spät über die Lage berichtete, nur noch ein paar Längen vom Ende entfernt. Wenn sie es getan hätte, hätte er nichts darauf erwidert. Doch er weiß, woher dieses Schweigen kommt. Sein Vater litt während der Scheidung seiner Eltern, wie er selber leidet. Seine Mutter ist gegangen. Wie seine Frau. In der einen sah er die andere, und er warf der anderen vor, was er wirr der einen anlastete. Unter diesen Bedingungen war es besser zu schweigen.
In der Stimme der Mutter lag die nötige Zärtlichkeit, Liebe und Mitleid. Doch er ertrug es nicht. Er erträgt es nie, wenn seine Mutter ihn als Kind sieht. Dafür gab es eine Erklärung. Vorher dachte er: Wenn ich mich entschieden habe, mit meinem Vater zu gehen, dann, weil meine Mutter mich nicht liebte. Ich habe es gespürt, und später hat man es mir gesagt.
Ja, man hat es ihm gesagt.
Von nun an sieht er vielleicht einen neuen Grund. Dieser Grund liegt vergraben unter den Rändern des Schuldbewußtseins. Und der Kindheit.
Er ist zehn Jahre alt. Sein Vater hat das Haus verlassen. Sein Bruder, seine Schwester und er selber fahren in den Wintersport (er wird Wintersport immer hassen). Im Flur des großen Hauses begegnet er seiner Mutter, die gerade für die Kinder Anoraks, Keilhosen und Schuhe gekauft hat. Sie sind allein. Seine Mutter sagt zu ihm: »So seid ihr ausgerüstet, wenn ihr bei mir leben werdet.«
Er betrachtet sie. Und er antwortet: »Maman, ich werde nicht bei dir wohnen. Ich werde mit Papa gehen.«
An das Danach erinnert er sich nicht mehr. Es ist wie ein schwarzes Loch. Etwas, was er unbedingt aus seinem Gedächtnis

ausradieren wollte. Doch es ist möglich, es ist wahrscheinlich, daß im Ton seiner Mutter jene Zärtlichkeit und jene Liebe lagen, die er seitdem nicht mehr ertragen hat. Als ob er alles getan hätte, um die Spuren dieses unermeßlichen Kummers auszuradieren, den sie vielleicht empfand und den er, der kleine zehnjährige Henker, ganz sicher verursacht hatte.

Und deshalb hat er von Anfang an zu seiner Frau gesagt: »Wir werden niemals von den Kindern verlangen, daß sie sich entscheiden sollen, niemals werden wir ihnen eine derartige Verantwortung zuschieben.«

Als habe er sich und sie vor einem Schmerz bewahren wollen, den das eine oder andere ihrer Kinder hätte verursachen können. Als habe er das eine oder andere ihrer Kinder vor einem zukünftigen Schmerz bewahren wollen, der aus einem Schmerz in der Gegenwart herrührt und für den sie beide allein verantwortlich sind. Ja, für den sie allein verantwortlich sind. Als ob er, vor die Entscheidung gestellt, gedacht hätte, daß der Hammer von heute der Amboß von morgen für seine Söhne werden könnte.

Und um das zu vermeiden, um nicht ihre Erinnerung zu verderben, wird er am Abend des fünfundneunzigsten Tages die Waffen strecken und seine Kinder gehen lassen.

Am neunundachtzigsten Tag fragte er sie, wann der andere Mann und sie nun umzuziehen gedächten. Sie antwortete, es gäbe ein Problem und sie seien gezwungen, es um ein paar Tage zu verschieben, dies ändere aber nichts an der Entscheidung, die sie getroffen hatte: Sie würde gehen.
Er wußte, daß sie gehen würde, doch daß sie allein gehen würde.
Am neunzigsten und einundneunzigsten Tag schleppte sie sich trübsinnig durch die Wohnung. Am zweiundneunzigsten Tag sagte sie zu ihm: »Ich gehe allein. Der andere Mann kommt nicht mit. Zwischen uns ist es endgültig aus.«
Er stand wie versteinert. Er fragte: »Hast du mit dem Großen geredet?«
Sie antwortete mit ja. Er drängte nicht weiter. Sie war traurig. Er war es auch, für sie. Doch glücklich für seine Kinder.
Am dreiundneunzigsten Tag standen auf dem Spiegel im Bad in dicken, roten Lettern folgende Worte:

MEIN TRAUM IST ES
EINE WOHNUNG
ZU FINDEN
UND ZU GEHEN

An diesem Morgen dachte er, daß er vielleicht die falschen Münzen bekommen würde, die der andere Mann auf der Theke gelassen hatte. Er sagte sich: Wenn sie keine Schuldgefühle mehr hat, wird es die Hölle werden.
Die Hölle begann endgültig am Abend des fünfundneunzigsten Tages. Sie kam abends später als sonst nach Hause. Sie trug ein schwarzes Kostüm. Sie trug keine Ohrringe. Sie stand im Wohn-

zimmer und erklärte kalt: »Ich bin bei einem Kinderpsychologen und bei einer Anwältin gewesen.«
Sie nannte den Namen der Anwältin: eine alte Freundin, mit der sie Mitte der siebziger Jahre gekämpft hatte.
»Ich gehe mit beiden Kindern. Ich habe das Gesetz auf meiner Seite.«
Er war wie vom Donner gerührt.
»Du wirst sie alle zwei Wochenenden und mittwochs sehen. Eventuell nach der Schule eine Stunde lang.«
Er sagte: »Willst du, daß ich den Babysitter für meine Kinder spiele?«
Sie wiederholte: »Ich habe das Gesetz auf meiner Seite.«
Und er: »Ich habe keine Kinder in die Welt gesetzt, um mich jetzt mit diesen Krumen zu begnügen!«
Sie fuhr in ihrem Bericht fort: »Sobald ich fort bin, reiche ich die Scheidung ein. Sonst würdest du mir noch böswilliges Verlassen anhängen.«
Worauf er antwortete: »Das liegt mir nicht. Wie kannst du glauben, daß ich mich so weit erniedrigen würde?«
»Ich weiß nicht, wozu du fähig bist, wenn du in Wut gerätst.«
»Jetzt weiß ich, wozu *du* fähig bist!«
Zum erstenmal sprachen sie von den Modalitäten der Scheidung. Er sagte, daß, wenn Richter nötig seien, um an ihrer Stelle das Ende ihrer Liebe zu regeln, er sie für immer verachten würde, sie und ihre gemeinsame Geschichte. Er fügte hinzu: »Dafür wirst du die Verantwortung vor deinen Söhnen tragen.«
Türenknallend ging er hinaus und zu seiner Freundin im dritten Stock. Im Morgengrauen kam er heim, stockbetrunken.
Die Freunde sagen: »Es ist eine Krise. Sie wird sich niemals so verhalten.«
Er weiß es. Doch er weiß auch, daß er seine Kinder verloren hat. Denn niemals wird er es mit irgendeiner Machenschaft versuchen, um sie zurückzubekommen. Man holt sich seine Kinder

nicht zurück. Man behält sie oder man verliert sie, denkt er. Ich verliere sie. Er ist am Boden zerstört.
Er weiß nicht mehr, wie er seine Söhne ansehen soll. Er weiß nicht mehr, wie er mit ihnen reden soll. Er möchte sie weniger lieben, so sehr fürchtet er, im Augenblick der großen Trennung zu verzweifeln.
Er wiederholt, daß er die Wohnung behalten wird. Es ist die Wohnung seiner Kinder. Wenn sie zu ihm kommen, werden sie den Ort wiedererkennen, an dem sie großgeworden sind, und den Mann, der sie aufgezogen hat. Er will sein Haus behalten, um seine Söhne nicht ganz zu verlieren. Und damit sie sich an diesem Ort wieder begegnen, der der ihre war und bleiben wird.
Er sagt zu ihr: »Wir reproduzieren das Schema unserer Eltern wirklich hervorragend. Ich, allein und getrennt; du, allein mit zwei Kindern.«
Er trifft V. in Reims wieder, wo sie von der Stadtverwaltung empfangen werden. Nach dem Wein ihnen zu Ehren, den Sendungen und dem Champagnerfrühstück trinken sie in einem Literatencafé Bordeaux. Er antwortet auf die Fragen von zwei Journalisten. Plötzlich wandert seine Hand an die Jackentasche, und er stellt fest, daß er seine Schachtel mit Lexomil verloren hat. Aufregung bemächtigt sich seiner. Er spricht mit den Journalisten, während er mit seinem Fuß unter dem Tisch herumtastet. Nichts. Er sucht um sich herum. Neben der Theke bemerkt er einen Mann, der etwas betrachtet, was er in seiner Hand verborgen hält. Der Mann hebt das Gesicht und sieht sich um. Ihre Blicke treffen sich. Der Mann öffnet die Hand. Sofort schreit er: »Das gehört mir!«
Der Mann kommt näher und reicht ihm die Lexomil-Schachtel. Er stellt sich vor: Er ist W., der Direktor des Literatencafés. Er setzt ein Lächeln auf, das ein bißchen heimtückisch ist.
»Warum sehen Sie mich so an?«

»Nur so ...«
»Sie können nicht wissen, was diese Schachtel enthält: Es steht kein Name drauf ...«
W. antwortet nicht. Er lächelt immer noch.
»Haben Sie schon welche genommen?«
»Ja.«
W. entfernt sich. Am Abend lädt sie D. R., einer der großen Fotografen seiner Zeit, zum Essen in das beste Restaurant der Stadt ein. W. setzt sich neben ihn, legt ihm den Arm um die Schultern und fragt ihn: »Was ist denn los?«
Auch er ist ein Gefährte des Lexomil.
Diese Fahrten hindern ihn nicht am Denken. Doch er denkt aus der Ferne, was besser ist, als den Ort des Versagens immer wieder vor sich zu haben. Wenn er heimkehrt, geht die Hölle weiter.
Sie hat tatsächlich jegliches Schuldgefühl verloren. Nun greift sie ihn ständig an. Sie sagt: »Nicht ich gehe! Wir trennen uns!« Beinahe würde sie noch die Geschichte vergessen und die Rollen umkehren.
Er antwortet: »Vergiß nie den Ursprung des Bruches!«
Sie wirft ihm alles vor, alles und jedes. Sie schlägt ihn um so härter, glaubt er, als sie ihre Geschichte mit dem anderen nicht hat ausleben können. Doch er bewundert sie, wenn sie sich, sofort nachdem sie eine geschickte und schmerzhafte Lanze geworfen hat, liebenswürdig und fast aufmerksam zeigt, als ob sie sich selber sagte: Man soll nicht übertreiben!
Abend für Abend hält sie ihn über ihre Wohnungssuche auf dem laufenden. Tag für Tag sagt sie ihm wieder: »Mein Traum ist es zu gehen!«
Er antwortet: »Aber dann geh doch!«
Eines Morgens packt er sie, vom Zorn mitgerissen, am Arm und stößt sie aufs Bett. Sie brüllt: »Keine körperliche Aggression! Keine körperliche Aggression!«

Geradeso als ob er ein Satyr wäre und sie eine Brandstifterin, die bereit ist, sich zu verteidigen.
Doch er hat sie niemals geschlagen. Er rempelt sie ein wenig an, damit sie schweigt, nur damit sie schweigt. Sie soll doch endlich gehen, soll doch aufhören, ihn zu nerven ... Nach vier Monaten ist er am Ende.
Wenn sie sich so streiten, betritt der Große das Zimmer, in dem sie gerade sind, und schreit, während er ein Plastikschwert schwingt: »Ich bin der Streitchef! Ich habe hier das Kommando!«
Darauf schweigen sie. Manchmal lachen sie.
Sie schläft von nun an im Wohnzimmer bei dem Kleinen. Sie hat sich selber das größte Provisorium in der Wohnung zugedacht.
Er ist wieder in ihr altes gemeinsames Zimmer gezogen. Er will nicht mehr bei dem Großen schlafen, mit dem er nicht zusammenleben wird. Er will nicht mehr neben ihm aufwachen und dabei denken: Das sind unsere letzten Nächte.
Sie ruft ihn an, um ihn darum zu bitten, sich als Bürge für die Wohnung zur Verfügung zu stellen, die sie mieten wird. Er weigert sich.
»Du wirst mir auch kein Geld leihen?«
»Nein!«
Sie knallt den Hörer auf.
Er kann ihr nicht beim Umzug helfen an einen Ort, wo seine Kinder leben werden und er nicht. Er versucht es, aber er kann es nicht.
Er hat Schuldgefühle. Er denkt, da er ja nicht die Kinder behält, müßte er eigentlich gehen. Doch er kann sich nicht dazu entschließen. Er klammert sich verzweifelt an den letzten Schützengraben, den sie noch nicht erobert hat.
Er geht aus, er trinkt, er raucht, er kokst und raucht Hasch. Er bumst. Doch jeden Morgen kehrt er unerbittlich heim ins Haus

seiner Kinder. Und wenn er ihre Mutter im Wohnzimmer im Halbdunkel sieht, zusammengekauert unter ihren Decken, hat er manchmal Lust, sie in die Arme zu nehmen und dort zu bleiben, neben ihr, unbeweglich und schweigend: Mein armer Liebling, armer Liebling, ich hatte dir doch gesagt, daß dich niemand so sehr lieben würde wie ich.
In diesen Augenblicken fragt er sich, wie sie so weit gekommen sind, und er ballt die Fäuste wegen dieses ungeheuren Schlamassels. Doch es ist zu spät. Sie sind zu weit gegangen. Die Schlacht ist vorbei, und als entwaffnete Wache geht er ins Bett, um dort zusammenzubrechen, bis die Schreie seiner Kinder ihn ein wenig später wecken.
Er hat eine Statuette wiedergefunden, die sie ihm vor Jahren geschenkt hatte. Diese Statuette stellt eine Hexe dar, die das abgeschlagene Haupt des Mannes umarmt, den sie liebt. Er hat dieses Geschenk gehaßt. Er haßt es immer noch. Er denkt: Sie ist keine Hexe, und ich habe meinen Kopf immer noch.
Wenn sie zusammen in der Wohnung sind und er sie hört oder ansieht, kommt ihm das, was er an ihr nicht mochte oder woran er glaubte, sich gewöhnt zu haben, scheußlich und unerträglich vor. Er sagt zu ihr: »Ich bin heute an dem Punkt angelangt, an dem du vor vier Monaten warst.«
Und er versteht sie.

Eines Tages, müde, auf ihren Auszug zu warten, telefoniert er mit der Hälfte der Immobilienagenturen von Paris. Nach drei Stunden Suche findet er eine Wohnung zweihundert Meter von seiner entfernt.
Er ruft sie an und schlägt ihr vor, die Wohnung am Nachmittag zu besichtigen. Sie sagt zu. Am Abend geht sie selber hin. Am nächsten Tag verbürgt er sich für sie, da ihr die Wohnung gefällt, und sie bewerben sich für sie für die Wohnung. Drei Tage später ruft die Agentur an, um sie zu informieren, daß man sie

akzeptiert hat. Sie sollen innerhalb von achtundvierzig Stunden unterschreiben.

In dieser Nacht ist er in der Morgendämmerung nach Hause gekommen. Sie gab dem Kleinen die Flasche. Sie hörte ihn nicht. Er betrachtete die beiden durch die Scheibe des Wohnzimmers. Ihm schnürte sich das Herz zu. Er ging ins Schlafzimmer, riß das erste Blatt von einem Block ab, setzte sich aufs Bett und kritzelte das letzte Wort ihrer Geschichte. Er schlug ihr vor, zu vergessen und noch einmal neu anzufangen.

Am nächsten Tag gab sie ihm ihre Antwort. Sie hieß nein.

Achtundvierzig Stunden lang suchte er, ohne daß sie etwas davon wußte, nach einer anderen Wohnung. Für sich selber, da er annahm, daß diese hier nur noch die leere Hülle einer kaputten Struktur war. Er wollte einen Platz, der seinen Kindern gefiele, mit Terrasse zum Beispiel, wo er eine Sandkiste und eine Schaukel aufstellen könnte. Er sagte ihr nichts, um ihren Gedanken nicht vorzugreifen. Doch er kannte ihre Gedanken.

Er vertraute sich dem Schicksal an und dachte: Wer zuerst etwas findet, geht.

Er fand nichts.

Am letzten Abend vor der Unterzeichnung des Vertrages für die neue Wohnung sprach sie die Worte aus, die er erwartet hatte:

»Warum nimmst du sie nicht selber?«

Er lachte. Dann: »Ich muß doch nicht gehen.«

»Die Kinder auch nicht.«

»Wenn du mit dem anderen Mann zusammengezogen wärst, hätte sich das Wohnungsproblem nicht gestellt: Ich hätte die hier behalten.«

»Das ist nicht mehr aktuell.«

Er verbrachte die Nacht außerhalb. Es kam ihm vor, daß, wenn er gute Gründe hatte zu bleiben, diese Gründe, verglichen mit denen der Kinder, kein Gewicht hatten. Er stellte sie sich in einer kleineren Wohnung vor, wie sie morgens zehn Minuten frü-

her aufstehen mußten, um in die Schule zu gehen, wie sie Umgebung und Gewohnheiten wechselten. Und er konnte es nicht. Bei seiner Rückkehr sagte er: »Sag den Termin heute abend ab. Ich gehe.«
Er nahm nicht die Wohnung in der Nähe, weil er nun gänzlich brechen wollte. Das Viertel wechseln, sein Leben verändern, vergessen. Neu anfangen.
R. sagte zu ihm: »Ich bin sehr stolz, daß du dich entschieden hast zu gehen.«
Er selber empfand nur Verwirrung.

Er schlug ihr vor: »Wir könnten ein gemeinsames Auto behalten.«
Und sie: »Du kannst deine Wäsche bringen.«
Und er: »Sag mir, wieviel Geld du brauchst.«
Und sie: »Behalte den Hausschlüssel.«
Und noch einmal sie: »Komm so oft zum Essen, wie du willst.«
Sie suchten nach einem Modus für ihre zukünftigen Beziehungen. Beide wollten sich großzügig und großherzig zeigen. Sie hatten Angst vor der Zukunft.
Dies alles passierte, während sie ihre Bücher aufteilten. Der Große war dabei. Sie hatten ihm den Auszug seines Vaters wie ein Spiel vorgeführt.
Als die Bibliothek zerstört war, geleert um ein Viertel der Bände, setzte er sich hin. Er war traurig. Und sie auch.
Als er am ersten Abend allein in dem Haus saß, das von nun an das seine sein würde, und er in völligem Schweigen auf dem Teppich saß und den Schnee fallen sah, ergriff ihn Panik bei dem Gedanken, lange in diesem Raum bleiben zu müssen, ohne die Rufe seiner Kinder zu hören.
Sofort ging er hinaus und fuhr mit irrsinniger Geschwindigkeit zu dem Haus der Seinen. Er umarmte seine Söhne und fuhr dann wieder fort.
Wieder zurück, erinnerte er sich an die Worte von K., seinem alten Freund, dem Regisseur: »Man wird dich zu Hause hinauswerfen, und du wirst schließlich ohne Haus und ohne Kinder dastehen ...«
Viereinhalb Monate nach dem Beginn der Krise hatte sie ihn aus ihrer Haut verjagt, aus seinem Haus, aus seinem Viertel, aus seinem Speicher, aus seinen Grenzen, weit fort von seinen Kindern. Er hatte den Krieg verloren.

Er nimmt kein Lexomil mehr. Oder kaum noch. Er sieht seine Kinder zweimal in der Woche. Er lernt, ohne sie zu leben. Sie lernen, ohne ihn zu leben.
Ein Teil von ihm ist amputiert worden. Er spürt eine Leere in seinem Körper und seiner Umgebung, als ob er die Hand auf ein Glied legte, das sich entzieht, eine Form, die nie mehr existiert. Er ist bei seinen Söhnen nur flüchtig anwesend, und daß sie nicht anwesend sind, ist schwer für ihn.
Er kann im Fernsehen keine Familienwerbung mehr ertragen. Er wechselt die Straßenseite, wenn er an einer Schule oder an einem Spielwarengeschäft vorbeikommt. Er flieht sonntags und mittwochs die öffentlichen Parks. Er wendet sich ab, wenn seine Freunde von ihren Sprößlingen reden. Er haßt die Worte Ferien, Krippe, Kuchenessen, Pause, Lehrerin, Babysitter. Er erträgt es nicht mehr, Kinder auf der Straße spielen zu sehen. Wenn sein Blick auf etwas fällt, was einem seiner Söhne gehört, empfindet er einen kurzen Schmerz, wie einen Nadelstich. Tränen treten ihm in die Augen – und fließen dann sofort zurück. Genauso wenn er sich ihren Fotos nähert, die an den Wänden in seinem Büro hängen: Dann spürt er Wut, Schmerz, er nimmt einen Verlust wahr, eine Verschwendung, eine Art Tod. Er denkt: Man hat mir meine Kinder gestohlen.
Der Große benimmt sich ihm gegenüber sehr grausam. Er sagt: »Ich bin böse, weil du nicht mehr da bist. Warum hast du dich scheiden lassen? Warum hast du mich weggeworfen?«
Er antwortet nicht. In diesen Augenblicken flößt seine Frau ihm Schrecken ein wegen der Ungerechtigkeit, die er schweigend erträgt. Er hat den Krieg so ehrenhaft wie möglich verloren, doch er ist verantwortlich, denn er ist ja gegangen.
Wenn er zu ihr kommt und sie da ist, küßt er sie immer zur Be-

grüßung, doch nie zum Abschied: Er haßt sie, weil sie ihm seine Jungen genommen hat, weil sie diesen Teil seiner Geschichte abgeschnitten hat.

Er sitzt auf einem Stuhl im Wohnzimmer, wo er so lange gelebt hat. Er ist nur Besucher. Er nimmt den Kleinen in den Arm, er weiß nicht, wie er ihn umarmen soll, er sucht nach den Fetzen einer neuen Sprache. Wenn er fortgeht, weint sein Kind. Er denkt, und er schreibt: Wenn es möglich wäre, würde ich meine beiden Jungen behalten, ich würde noch einmal umziehen und mit ihnen leben.

Er sagt: »Ich werde nie mehr Kinder haben.«

Er schließt Augen, Ohren und Mund über sein voriges Leben. Doch wenn er aufgibt, kann nur sie allein ihn beruhigen. Weil sie die Mutter ist und er der Vater bleibt. Sie wird eines Tages zu ihm sagen: »In der Schule hat man den Großen ein Haus zeichnen lassen. Er hat zwei gemalt. Das Haus von Papa und das Haus von Maman. Es waren dieselben.«

Eines Abends, ein paar Wochen nach der Trennung, rief der Große bei einem seiner Freunde an. Er sagte ganz natürlich: »Ich bin bei meinem Vater. Wir haben uns scheiden lassen.«

Ihm kam es vor, als ob die Kinder vor einem Schock bewahrt wurden. Er war sehr stolz darauf. Stolz auf sich und stolz auf seine Frau.

Es wird eine Zeit kommen, wo es ihm besser und ihr schlecht gehen wird. Es wird eine Zeit kommen, da wird sie ihrerseits entdecken, daß Wut und Vorwürfe den Bruch erleichtern. Dann wird sie sich bei anderen gegen die Schläge verteidigen, die er ihr nicht zufügt, und wird ihn schwarzmalen, um sich selber reinzuwaschen. Er wird ungeheuer traurig sein, wenn er erfährt, daß sie so verloren ist. Es wird eine Zeit kommen, da wird er wünschen, daß sie glücklich ist, schnell, so schnell wie möglich. Es wird eine Zeit kommen, da wird sie ihn mit den beiden Kindern zum Auto begleiten, und er wird die drei einem düsteren Samstag entgegengehen lassen, während er selber nach Trouville fährt. Und auf der ganzen Fahrt, zwischen dem Weg und seiner Erinnerung, wird die Silhouette dieser Frau auftauchen, die er so geliebt hat; sie geht auf dem Bürgersteig entlang mit ihrer beider Kinder, und er wird denken, daß das Leben eben so sein wird, hart und böse, lang oder leicht, doch diese drei werden immer zu ihm gehören.

Er wird sagen: »Unsere Geschichte, die nun in unseren Träumen und Erinnerungen beschlossen liegt, soll dort bleiben wie die zarte Spur einer eleganten Form.«

Am einunddreißigsten Tag nach seinem Weggang wurde er um drei Uhr morgens von M., der Tochter von A., geweckt, jener Frau, mit der er vor langer Zeit zehn Jahre lang zusammengelebt hatte. M. schluchzte. Sie sagte: »Mein Bruder hat sich umgebracht.«
H. hatte sich vom höchsten Gebäude von Jussieu gestürzt.
Er hat H. geliebt. H. war zwanzig Jahre alt.
Er begleitete M. und A. ins Leichenschauhaus, um die Leiche zu identifizieren. Dann rief er seine Frau an, um es ihr zu sagen.
Sie sahen sich in der Kirche am Morgen der Beerdigung. Sein Bruder war da. Sein Bruder war in den schrecklichen Augenblicken seines Lebens immer da gewesen. Und auf andere Art auch seine Schwester.
Sie saßen alle drei in einer Bank ein wenig abseits. Seine Frau trug eine dunkle Brille. Sie hörten die Chaconne aus der *Zweiten Partita für Violine* von Bach, die er für H. ausgewählt hatte. Als die Predigt begann, stand er auf, da er langweilige Reden nicht erträgt. Er kam erst zurück, als alles vorbei war. Er trat an den Sarg und umarmte A., seine ehemalige Gefährtin, und ihre Tochter. Lange umarmten sie sich in ihrer Verzweiflung, dann machte er sich los und floh in eine entfernte Ecke der Kirche. Dort fand ihn seine Frau. Sie nahm ihn in die Arme und sagte: »Mut, mein Großer.« Das war immerhin besser als Hep!

Paris,
Oktober 1990 bis
April 1991